ループ5回目。今度こそ死にたくないので婚約破棄を持ちかけたはずが、前世で私を殺した陛下が溺愛してくるのですが2

三沢ケイ

STARTS
スターツ出版株式会社

目次

ループ5回目。今度こそ死にたくないので婚約破棄を持ちかけたはずが、前世で私を殺した陛下が溺愛してくるのですが2

特別書き下ろし番外編

Character introduction
2
頑張りやの王妃
クールな国王陛下
シャルロット
元エリス国の王女。結婚すると死んでしまうループを抜け出し、人生6度目にして初めての幸せな新婚生活に突入。多忙な陛下の役に立ちたくて、日々政務に奮闘中!
エディロン
武術が得意であるがゆえに「蛮族」と恐れられていた、ダナース国の王。政略結婚で妃として迎えたシャルロットの健気な姿に惹かれ、日ごとに独占欲が強くなっていき…。
シャルロットの使い魔たち
白猫 ルル
羽根つきトカゲ ガル
文鳥 ハール

エリス国王

ジョセフ

シャルロットの双子の弟であり、死に戻りのループを共に繰り返していた存在。自分もループ人生を抜け出せたと思っていたが、最近頻繁に悪夢を見るようになり困惑している。

シセル国の第五王女

ヴァレリア

シセル国王が身分の低い侍女に手を付けてできた子のため、王女ではあるが周囲から軽んじられている。年は離れているが、シャルロットの義母とは腹違いの姉妹にあたる。

希代の大魔女

ルーリス

シャルロットとジョセフの実母。魔法の天才で、平民出身ながらエリス国王の側妃になったが九年前に命を落とした。愛する我が子達に"幸せになれる魔法"を遺しており…。

元エリス国王妃

オハンナ

シャルロットの義母。シセル国出身。前国王に寵愛されていたルーリスを憎んでいる。一年程前にエディロンの殺害を企てた罪で、現在は離宮に幽閉されているはずなのだが…。

ループ5回目。今度こそ死にたくないので
婚約破棄を持ちかけたはずが、
前世で私を殺した陛下が溺愛してくるのですが2

◆一、プロローグ

大陸の北方に位置するダナース国は北側が海に面しており、四季がはっきりした気候をしている。

季節は秋。山麓（さんろく）の木々は赤や黄色に色づいており、王宮から遥（はる）か遠くに色鮮やかな山々が見える。夕焼けに染まる空と山々が、まるで繋がっているかのようだ。

景色を眺めていると、少し開かれた窓の隙間から冷たい空気が流れてきた。

「朝晩はだいぶ涼しくなってきたわね」

「本当に。そろそろ窓を閉めましょうか。シャルロット様、風邪を召されないようにショールを」

侍女のケイシーは窓を閉めると、ドレッサーからショールを取り出してシャルロットの肩にかけてくれた。

「ありがとう」

シャルロットはそのショールを見る。

（あ、これ……）

淡い黄色のショールには、地紋と呼ばれる繊細な織り模様が入っていた。隣国シセル国の特産品だ。

ケイシーは二年ほどシャルロットに仕えてくれている侍女で、年齢も同じ二十歳。いつも色んなことを話しているせいか、シャルロットが考えていることにすぐに気付いたようだ。

「先日、シャルロット様が陛下とお出かけされた際にご購入されたものですね」

「ええ、そうなの」

「とっても似合っています。シャルロット様の淡いピンク色の髪とも色のバランスがよくて」

「ありがとう」

ケイシーに褒められて、シャルロットは表情を綻(ほころ)ばせる。

「可愛いにゃん」

部屋の片隅にいたシャルロットの使い魔——白猫のルルも髭(ひげ)を揺らす。

「ルルもありがとう」

シャルロットが両手を伸ばすと、ルルはトンッとシャルロットの膝の上に飛び乗る。

シャルロットはルルの背中を撫(な)でる。

ダナース国の王妃であるシャルロットことシャルロット＝デュカスは元々エリス国の王女だった。エリス国は魔法を使える国民の比率が他国に比べて極めて高く、別名『神に愛された国』とも呼ばれる神秘の国家だ。

ただ、シャルロットは平民上がりの側妃の子供であった上に、とある事情で魔法を使えなかったため、『王女のくせに魔法も使えない落ちこぼれ』と軽んじられて、その生活は使用人以下のものだった。

それでも、いつかは愛する人と結婚して、きっと幸せになれる。

そう夢見ていたシャルロットを待ち受けていたのは、その夫に殺されるという非情な結末だ。

そこから不思議なループが始まり、それを繰り返すこと計五回。

六度目の人生である今世こそは死にたくないと思ったシャルロットは、政略結婚の相手であるダナース国王――エディロン＝デュカスに〝一年限りの偽装婚約と契約終了後の婚約破棄〟を持ちかけた。

しかし、婚約者としてエディロンと接するうちに彼に惹かれ、またエディロンもシャルロットを愛していると打ち明けた。そしてふたりは紆余曲折（うよきょくせつ）ののちに想いを通わせ、シャルロットは魔法も使えるようになったのだ。

ようやくエディロンの妻、即ちダナース国の王妃となったのは一年ほど前のこと。

シャルロットには、過去五回のループで得た様々な知識がある。

ダナース国の、そしてエディロンの役に立ちたくて、今はその知識を政務に活かそうと奮闘している。

このショールは、先日エディロンと城下の視察に行った際に偶然商店で見かけたものだ。月の光を思わせるような淡い黄色が夫──ダナース国王のエディロンの瞳の色に似ていて、ついつい手に取ってしまった。

その日は予定より早く視察が終わったので、空いた時間を利用して城下で流行しているという屋台のおやつを食べたり、巡業の芝居小屋で人形劇を鑑賞したりした。

一時間ほどの短いものだったが、エディロンと一緒に回った時間は、最初から最後までとても楽しかった。

「エディロン様と、またどこかに行きたいな」

シャルロットは楽しかったデートを思い出し、呟く。

忙しい夫に無理をさせたくないと思う一方で、大好きな夫だからこそ一緒に過ごしたいと思ってしまう。

（人を好きになるって、不思議ね）

最初は言葉を交わすだけ、手が触れるだけで、心が喜びに震えていたのに。

もっと一緒にいたい。

もっと声を聞きたい。

もっと見つめてほしい。

そして、もっと抱きしめてほしい。

いつの間にか、どんどん欲張りになってしまうのだ。

(今日は、一緒にお食事を摂れるかしら?)

ここ数日、エディロンは多忙で夕食の時間になっても会議が終わらず仕事から戻ってこない。

「俺とどこに行きたいって?」

シュンとしていたそのとき、背後から声が聞こえてシャルロットは驚いた。

振り返るとそこには、シャルロットの夫であるエディロンがいた。長身のがっしりとした体躯に、国王に相応しい黒色の豪奢な上着を着ており、襟元や袖口には金色の刺繍が施されていた。

「エディロン様！　政務はよろしいのですか?」

「ああ。今は休憩中だ。シャルロットの顔を見に来た」

エディロンは着ていた上着を脱いで楽な格好になると、部屋の片隅にあるソファーにどさりと座る。シャルロットもエディロンの隣へと腰を下ろした。

ケイシーがすぐにふたり分の紅茶を用意して、テーブルに置く。

「どうぞ、ごゆっくりなさってくださいませ」

お辞儀をして部屋を出ていったケイシーを見届けてから、エディロンはシャルロットのほうを見る。

「それで、俺とどこに行きたいって？」

「えっ？　なんでもないです」

シャルロットは小さく首を横に振る。

ダナース国は建国してまだ二十年の新しい国だ。

そのため、公共施設や道路の整備から様々な政策の立案まで国として着手すべきことが多々あり、国王であるエディロンはとても忙しい。今も仕事の合間を縫ってシャルロットに会いに来ており、これ以上の負担をかけるのは申し訳なく感じてしまう。

エディロンはシャルロットを見つめ、片手をこちらに伸ばした。シャルロットの頬に、大きな手が触れる。

「なんでもないことはないだろう？　言ってみろ」

指先が優しくシャルロットの頬を撫でる。エディロンはシャルロットの返事を待つように、まっすぐにこちらを見つめてきた。

（エディロン様には敵わないな）

心を見透かすような眼差しに、シャルロットは目を伏せる。

「……どこというわけではないのですが、エディロン様とまた一緒に出かけたいなと思ったのです。その……、先日一緒に城下を見て回った際、とても楽しかったので」

シャルロットは肩にかけていたショールの端を手に握り、おずおずと告げる。

すると、エディロンは金色の目を瞬かせる。

「なんだ、そんなことか。行こうか」

「でも、エディロン様は忙しいのでは――」

「シャルロット」

言葉を遮るように、エディロンの指がシャルロットの口元に触れる。

「俺はこの国の国王だが、それと同時にあなたの夫でもある」

「はい」

シャルロットは頷く。

「愛する妃の願いを叶えるのは、夫の役目だろう？　シャルロットには、俺の隣でいつも笑っていてほしいんだ」

にこりと微笑まれ、シャルロットは眉尻を下げると自分の胸に手を当てた。

「わたくし、時々怖くなるのです」

「何が？」

「あまりにも幸せすぎて、これはただの夢で、ある日突然この幸せが壊れてしまうのではないかと」

エディロンはシャルロットのことをとても大切にしてくれる。

六度目の人生でようやく手にした今世の生活があまりにも幸せすぎて、いつか夢が覚めてしまうのではないかと不安になる。

「きっと、エディロン様が優しすぎるせいです」

シャルロットは頬を膨らませる。

「ははっ。優しくして怒られるとは」

大真面目なシャルロットに対し、エディロンはどこか楽しげだ。

シャルロットの頬に触れていた手が顎へと滑り、エディロンの顔が近づく。

優しく唇が重なる。

名残惜しげに唇を離したエディロンは、シャルロットを安心させるように微笑んだ。

「大丈夫だ。これは現実だし、俺がシャルロットのことを守ってやる」

「エディロン様……」

「他に心配なことはない？」

「……実はわたくし、どんどん強欲になっているのです」

「強欲？」

エディロンは意外そうに片眉を上げる。

「はい。エディロン様と一緒にいると自分がどんどんわがままで欲張りになってしまって――」

「俺といると？　とてもそうは見えないが」

エディロンは首を傾げる。

「この国に来たときは、ひっそりとひとりで一生を終えようと思っていたのに――。エディロン様と一緒にいると、もっと会いたい、もっと話したい、もっと抱きしめてほしいと思ってしまいます」

シャルロットの言葉に、エディロンは目を見開く。

そして目を覆うように手で顔を隠し、天を仰いだ。

（呆れられてしまったかしら？）

シャルロットはエディロンのその反応を不安に思って、彼を見る。

「困ったな」

エディロンは心底困ったと言いたげに、シャルロットを見つめ返してきた。

「申し訳ございません」

シャルロットはシュンとして目を伏せる。

「ちょっと顔を見るだけのつもりだったのに……。さっきからずっと、俺の妃が愛らしすぎて仕事に戻りたくなくなった」

「え？」

驚いて顔を上げたシャルロットに与えられたのは、蕩けるように優しいキスだった。

愛していると伝えるようなキスは、シャルロットの不安を溶かしてゆく。

「必ず時間を作って、あなたの願いを叶えよう」

耳元でエディロンが囁いた。

◆二、愛され王妃の幸せ新婚生活

国内の貴族達と良好な関係を築くための社交や、病院や救貧院といった施設への慰問など、王を支える王妃の仕事は多岐にわたる。そしてそれは、シャルロットも例外ではない。

この日、シャルロットは朝から城下にある孤児院にいた。この孤児院は王妃になる以前からよく慰問に訪れていた場所で、今日はシャルロットが企画したチャリティーバザーが行われる予定になっているのだ。

「ごきげんよう。準備は問題ない？」

シャルロットは施設長のカミラに声をかける。

「王妃様、おはようございます。わざわざご足労いただきありがとうございます」

肩までの長さの茶色い髪をひとつに纏めた、エプロン姿のカミラが振り返る。彼女の前にあるテーブルには、今日のバザーで売る商品が山積みになっていた。

「すごい量ね。いい匂い」

シャルロットはカミラの横から、テーブルの上を見る。すると、近くにいた十歳ほどの女の子に服の袖を引かれた。

「お嬢様、これ上手にできているかしら？」

少女が差し出したのは、手作りの小物入れだ。

「上手だと思うわ。このリボンがとても素敵ね」

「本当？　やったー。お嬢様、ありがとう！」

少女は歯を見せて笑い、喜びを顕わにする。

「こら、レイラ！〝お嬢様〟じゃなくて〝王妃様〟でしょ！」

慌てたように、カミラが叱る。

「えー？　だって、前はお嬢様って呼んでいたのに」

「前は、とかは関係ないの！　今王妃様なんだから王妃様なの！」

頬を膨らませる少女――名前はレイラというようだ――とカミラのやりとりを見て、シャルロットはくすくすと笑った。

「〝お嬢様〟でも大丈夫よ。気にしないで」

シャルロットは王都にあるこの孤児院をエディロンと結婚する前からよく訪れていたが、そのときは自分が王女であることも、エディロンの婚約者であることも明かしてはいなかった。子供達は皆シャルロットをどこかのお金持ちの令嬢だと思い込んでいて、親しみを込めて〝お嬢様〟と呼んでいたのだ。

「そんな！　恐れ多いです」

カミラは滅相もないと言いたげに、ぶんぶんと両手を振る。

「本当に気にしないで。これに関しては、最初に身分を明かさなかったわたくしにも非があるわ。できたら、ここにいる間は以前のように気安く話しかけてくれたら嬉しいわ」

「王妃様がそう仰るなら……」

カミラは眉尻を下げる。一方のレイラは「やったー！」と声を上げた。

「ねえねえ、お嬢様。こっちは、どう？」

レイラはふたりの会話を遮るようにずいっと身を乗り出すと、今度は別の作品を差し出してきた。

「こら、レイラ！　まだお話が終わっていないでしょう！」

再びカミラの叱る声が、孤児院に響く。「わあ、逃げろー！」と楽しげな声を上げながら、レイラは走り去っていった。

シャルロットはくすくすと笑いながら、ふたりの様子を眺める。

ふと窓の外を見ると、青空にうろこ雲が浮かんでいた。

「よく晴れているわね」

「そうですね。絶好のバザー日和かと思います」

ふうっと息を吐いたカミラも、窓の外を見上げる。

「それにしても、今回の件は本当にありがとうございます。シャルロット様には何から何までお力添えいただき、なんとお礼を申し上げればいいのか――」

「あら、いいのよ。わたくしも楽しんでやっているのだから。それに、民に力添えするのはわたくし達の責務だわ」

シャルロットはにこりと微笑む。

「さあ、そろそろお店を出す準備をしましょう」

バザーでは子供達が、自分達で作ったクッキーや小物を売った。

爽やかな秋晴れで外出日和であることも相まって、孤児院前の大通りには多くの人が行き交っていた。

「いらっしゃいませー」

子供達が声を張り上げる。

「これはあんた達が作ったのか？」

「そうだよ。美味しいよ！」

子供達のかけ声に、思ったよりもずっと多くの人が立ち止まる。シャルロットは物陰から、その様子を眺めた。

（ふふっ、順調ね）

ちゃんと売れるかと心配していたのだけれど、終了予定時刻を待たずして全ての品物が完売してしまった。

「えーっと、これが五十ルビン硬貨でしょ？　一枚、二枚……」

閉店後、子供達は真剣な表情で今日の売り上げを数え始める。

「まあ、こんなに？　すごいわね」

シャルロットは大げさに驚いた顔をして見せた。

「うん！　えへへ、すごいでしょ」

皆一様に目が輝いており、楽しげだ。

（バザー、企画してよかった）

与えられるだけでなく自分でお金を稼ぐ喜びを身をもって体験してほしいと思い、社会活動の一環でこのバザーを企画した。初めての挑戦にどうなるかと気を揉んでいたけれど、思った以上に好評だった上に子供達も楽しんでいるようでほっとする。

今日の収益で、子供達に新しい本や学用品も用意できるので一石二鳥だ。

子供達がお金を数える様子をじっと見守っていると、トントンと背後から肩を叩かれた。

「王妃様。あとのことはこちらでしておきますので、大丈夫です。本日は本当にありがとうございました」

カミラがぺこりと頭を下げる。

「そう？ じゃあ、お言葉に甘えようかしら」

「はい。そうしてください」

カミラはにこりと笑うと、紙袋に入った何かをシャルロットに差し出した。

「えっと……、これは何かしら？」

シャルロットはカミラが差し出したものを見つめ、首を傾げる。

「これは、子供達が作ったクッキーと小物入れです。売り物とは別に、どうしても王妃様に差し上げたいと」

「まあ！ ありがとう。嬉しいわ」

シャルロットは目を輝かせてその紙袋をありがたく受け取る。

中を覗く(のぞ)と、紙袋に包まれたクッキーと、ピンク色のリボンの付いた小物入れが入っていた。てっきり全部売り物にしたのだとばかり思っていたので、子供達の心遣いに嬉しくなる。

「子供達のおやつにする分は残っているの？」

「取り分けてあります。ご安心ください」

「そう。では、ありがたく頂くわ」

シャルロットはカミラにお礼を言うと、子供達のほうを振り返る。

「みんな、これを頂いたわ。ありがとう」

「うん。王様と食べてね！」

「お嬢様、またね」

子供達がシャルロットに向けて、元気に手を振る。シャルロットは彼らに手を振り返し、笑顔でその場をあとにした。

「さてと」

シャルロットは大通りを見回す。

「今、何時かしら？」

「午後の三時を少し過ぎた頃です」

同行していたケイシーがすぐに懐中時計を確認する。

「午後三時ってことは、帰城するまでにはもう少し時間があるわね」

「どこかに寄られますか？」

「救貧院に行きたいわ。今日は、例の講習会がある日のはずだから」

「かしこまりました。ご一緒いたします」

ケイシーは小さく頷いた。

救貧院は、孤児院がある場所から馬車で五分ほどだ。こぢんまりとした教会に併設されており、貧しい人々に食事や寝る場所を一時的に提供している。

「ごきげんよう」

シャルロットは慣れた様子で門をくぐり、中に声をかける。シャルロットの来訪に気付いた救貧院のシスターがすぐに出迎えにやって来た。

「これは、王妃様。ようこそいらっしゃいました」

「突然訪問してごめんなさい。近くで用事があって、時間ができたから寄ってみたの」

「そうだったのですね。いつでも歓迎いたしますわ」

シスターはにこにこと人のよい笑みを浮かべる。

「ありがとう。ところで、今日は例の会が開催されているわよね？」

「さようでございます」

「様子を見学しても？」

「もちろんですわ」

シスターに案内されながら、シャルロットは救貧院の施設を観察する。古さが目立つものの、壊れている部分などはなさそうだ。

「こちらでございます」

シスターがひとつの扉の前で立ち止まる。シャルロットは、扉につけられている小窓から中を覗いた。

四メートル四方の部屋の中では十代前半から壮年までの幅広い年齢層の女性数人がテーブルを囲んでいた。テーブルの上には様々な布切れや、糸が置かれており、全員が黙々と手を動かしている。

そして、部屋の中を講師の婦人が歩いて回っていた。婦人は女性達の手元を覗き込み、時折声をかけて何かを話している。

「皆さん、とても真剣な様子ね」

「はい。自分の作ったものが売れるということがとても嬉しいようで、出来上がった際は笑顔で見せてくれるのですよ」

「そう」

穏やかな笑みを浮かべるシスターにつられて、シャルロットも笑みをこぼす。

今彼女らがやっているのは、職業訓練のための講習会だ。今日は刺繍と裁縫の訓練を行っているが、日によって内容は異なり、パン作りの訓練や土木工事の道具の使い方の訓練など様々だ。

元々、ダナース国の救貧院は食べるものや住む場所がない人々を一時的に保護して、衣食住を与えるだけの場所だった。しかし数日して救貧院を去っても、多くの場合、彼らはまた食べるものにも困窮してここに戻ってきてしまう。

そのため、シャルロットはこの職業訓練を取り入れることを提案した。

職業訓練には現在救貧院にいる人だけでなく、希望すれば誰でも参加することが可能だ。講師はボランティア募集に応募してくれた人々に頼っている。

「それにしても、王妃様は本当に色々なアイデアをお持ちでいつも驚かされます。この国に嫁いできたのが王妃様で本当によかったと、みんなが言っているんですよ」

「本当？ そう思ってもらえたなら、すごく嬉しいわ」

シャルロットははにかんで答える。

何度もループを繰り返したシャルロットには、過去五回の人生の記憶がある。そして、シャルロットはその五回の人生で様々な国を訪れ、色々なことを学んだ。

実を言うと、この職業訓練は三度目の人生で嫁いだラフィエ国の施策を真似たものだった。

ラフィエ国は周辺国の中でも先進的で豊かな国だったが、特に印象に残っているのは自国の教育・福祉制度に非常に力を入れていたことだ。全ての子供の就学義務化や無担保無利子奨学金など、他の国では見ない様々な取り組みをしているラフィエ国からは学ぶことがとても多い。この職業訓練も、似たような取り組みをやっているのを三度目の人生の際に見たのだ。

ダナース国の王妃として、他国の優れた点で自国にも取り入れることが可能な政策はできるだけ前向きに検討し、この国をよくしていきたいと思っている。

「王妃様の発案で講習会を開催するようになってから、救貧院に戻ってくる方が三割近く減ったのです。本当に嬉しいことです」

「そんなに効果が？　あなた達と彼らの努力の賜ね」

貧しい人が減ることは国民の幸せを増進させると共に、経済を潤し、国全体を豊かにする。まだお試しの状態だけれど、思った以上に結果が出ていて驚いた。

（エディロン様に報告して、ダナース国全体にこのシステムを取り入れてはどうかと提案してみよう）

国としてやるならば、今はボランティアに頼っている講師にも相応の対価を払うべきだろう。それに、救貧院によっては施設や人に余裕がなく、講習会を開催すること自体が難しいところもあるだろう。

（検討することがたくさんね）

きっと、目が回るような忙しさになる。けれど、この忙しさは大変な一方でやりがいがあるので、ちっとも苦ではない。

（頑張らなくっちゃ！）

シャルロットは真剣に作業する人々を扉越しに眺め、口の端を上げた。

その日の夜、シャルロットは昼間救貧院で見聞きしたことを早速エディロンに話した。

「出戻り率が三割削減か。それはすごい効果だな」

エディロンは顎に手を当てて唸る。具体的な数字によって予想以上の効果を聞かされ、驚いた様子だ。

「貧困層が固定化されることは、以前より社会問題になっていた。早速、文官達に命じてその方策が他の地域でも適用できるか検討させよう」

「はい。よろしくお願いします」

シャルロットはエディロンの前向きな返事に、ほっと胸を撫でおろす。

いくら効果的な施策を思いついても、シャルロットひとりでできることには限界がある。

しかし、こうして国として運用に向けて検討され始めると、効果も影響範囲も一気に広がりを見せることができるのだ。こういうとき、シャルロットはエディロンの行動力と指導力にいつも惚れ惚れする。

「シャルロットはアドバイザーとして参加してくれるか？」

「え？」

シャルロットは驚いてエディロンを見る。

「よろしいのですか？」

「あなたが考えた施策だ。それに、王妃自らが国民の生活を考えて積極的に政治に関わることは、悪いことではない」

「ありがとうございます！」

シャルロットは両手を自分の胸に当て、喜びを顕わにする。

多くの国では、政治は男性主導で行うのが当たり前とされている。女性がそれに口を挟むのは御法度で、ともすれば〝可愛げのない生意気な女〟として見られてしまうのだ。

国によっては、女性に知識を与えてはならないとされるような時代遅れな考え方もあるほどだ。

けれど、エディロンはシャルロットが出す意見を否定せず、いつも真剣に耳を傾けてくれる。

それが嬉しくて、そしてエディロンの役に立ちたくて、シャルロットは前世の記憶や本で学んだ知識を駆使して色々なアイデアを出しているのだ。

「どういたしまして」

エディロンは優しく目を細めると、シャルロットの頭を撫でる。

「救貧院以外には、どこかに行った？」

「孤児院に。バザーでしたので」

「ああ、そうだったな。どうだった？」

「とても好評でした。子供達が作るものなので中には形が悪いものも交じることがあるのですが、完売しておりました」

シャルロットは昼間、お土産にクッキーと小物入れを受け取ったことを思い出す。

クッキーは一旦近衛騎士に預けられて毒見に出され、一時間ほど前に『問題なし』とされて戻ってきた。

子供達が毒を入れるわけがないとわかっているけれど、立場上あらゆる危険を警戒する必要があり、それは仕方がないことと納得している。

「これが小物入れです」

シャルロットは昼間受け取った、ピンクのリボンが付いた小物入れをエディロンに見せる。

「へえ。これを子供が？　上手く作るものだな」

エディロンはその小物入れを手に取り、感心した様子だ。

「あと、クッキーもあるんです。陛下も召し上がりませんか」

「頂こうか」

エディロンが頷いたので、シャルロットは窓際のサイドテーブルへと向かう。そこに置かれていたクッキーの盛りつけられた皿を、エディロンの前に置いた。

「何種類かあるのだな。選んでくれるか？」

「はい」

クッキーは、プレーンのクッキー、ナッツのクッキー、ジャムのクッキーの三種類だった。

（どれがいいかしら？）

少し考えて、シャルロットはプレーンのクッキーを選ぶ。エディロンの口元に運んであげると、エディロンはぱくりとそれを食べた。

「うん、美味しいな。これを作った子供達は、もしかしたら将来、有名な菓子職人になるかもしれない」

「そうですね。事実、菓子職人になりたいと言っている子もいるんですよ」

シャルロットは笑みをこぼす。

「それは楽しみだ」

楽しげなシャルロットを見つめ、エディロンも口元に笑みを浮かべた。

「明日はどんな予定だ？」

「明日ですか？　えーっと、ダムール侯爵夫人のサロンにお誘いいただいているので、参加しようかと」

シャルロットは頬に手を当て、明日の予定を思い出す。

王妃になってからというもの、できるだけたくさんのお茶会やサロンに参加するように心がけていた。

女性は、概して男性よりお喋り（しゃべ）りだ。

そういう社交の場では様々な情報を得られる。それに、有力貴族の婦人と仲良くすることにより間接的に王室は彼らを重用していると示すことになり、忠誠心を高められるからだ。

「そうか。楽しんでくるといい」

「はい。ありがとうございます」

シャルロットは自分の話に耳を傾けるエディロンを見つめる。

少し鋭さのある目元と高い鼻梁（びりょう）。凛々（りり）しい顔つきのエディロンは、ぱっと見るとやや冷淡で怖そうな印象を受ける。

けれど、彼がシャルロットに向けるまなざしや言葉はいつも優しい。

「エディロン様は――」

「何？」

「エディロン様は今日、どのように過ごされていたのですか？」

「俺か？　議会で議題に上がる予定の案件の確認がほとんどだが？　あとは、騎士団の視察とか――」

「最近、本当にお忙しそうですね」

国王であるエディロンは元々忙しいが、ここ最近は特に忙しそうに見えた。

夕食も一緒に摂れず、朝も目覚めると隣にいないことが多い。こんなに忙しそうにしているのは、結婚式の直後以来かもしれない。

「ああ。多めに執務をこなしておきたくてな」

「そうですか。あまり無理しすぎないでくださいね。お体を壊さないかと心配です」

「心配してくれるのか？」

「当たり前です」

シャルロットは頬を膨らませてエディロンの手を握ると、癒しの魔法をかける。

ほんのりと手が温かくなり、その温かさがエディロンへと移る。

（上手くできたかしら？）

長らく魔法が使えない状態で過ごしてきたシャルロットは、未だに魔法への苦手意識が消えない。けれど、最近は訓練して色々な魔法を使えるようになってきた。

この癒やしの魔法はエディロンの役に立ちたくて、最近特に練習した魔法のひとつだ。

シャルロットにはこれくらいしか手助けができないが、それでもないよりはましだろうと思ったのだ。

「ありがとう。体が軽くなった」

にこっと微笑んだエディロンの手がシャルロットへと伸び、優しく髪を撫でる。

「もうすぐ色々と仕事が片付くはずだから、楽しみにしていてくれ」

「楽しみ？」

『安心してくれ』ではなく『楽しみにしていてくれ』と言われたことに、違和感を覚えた。

(何を楽しみにすればいいのかしら？)

不思議に思ったけれど、その疑問をエディロンに問いかけることはできなかった。エディロンがシャルロットの口を塞(ふさ)いでしまったから。

蕩けるようなキスは、角度を変えながら何度も繰り返される。

ようやくキスから解放されたと思ったら、エディロンはシャルロットの体を軽々と抱き上げる。シャルロットはそのまま、ベッドの上へと運ばれた。

「シャルロット。頑張ってくれて、いつもありがとう」

エディロンはベッドの上に横たわるシャルロットの顔の横に両手をついて見下ろすと、優しく目を細める。

「どういたしまして。わたくし、エディロン様のお役に立てるのがとても嬉しいのです」

お礼を言われたシャルロットは嬉しくなり、エディロンに微笑みかけるとその首に両手を回す。

「また、可愛らしいことを」

エディロンの顔が近づき、またキスをされる。始めは触れ合うだけだったキスは、すぐに深いものへと変わった。

合間に囁かれる「愛している」という言葉も、体を触れる優しい手も、与えられる情熱的なキスも、その全てがシャルロットを甘く痺れさせる。

体に満ちるような幸福感に、シャルロットは酔いしれたのだった。


その翌日、シャルロットは王都にある高級サロンに向かった。

シャルロットの他に名門貴族の夫人が五人ほど参加する予定で、主宰はダナース国の由緒正しきダムール侯爵家の若き夫人──ダムール侯爵夫人だ。

ダムール侯爵夫人はとても社交的で人脈が広く、異国から国王の婚約者として来訪したシャルロットに気さくに声をかけてくれた。この国に誰も知り合いがいなかったシャルロットは、彼女が声をかけてくれて本当に心強かったのを覚えている。

サロンに到着したシャルロットは、案内係によって部屋まで案内された。

この高級サロンはダナース国が建国する以前——かつてはレスカンテ王国と呼ばれていたのだが——からあった設備がそのまま利用されている。

見上げるほどの高い天井からは豪華なシャンデリアが吊り下がり、壁には著名な画家の絵画が飾られている。規模こそ小さいものの、まるで宮殿にいるかのような豪華さだ。

「ごきげんよう、皆様」

「ごきげんよう、シャルロット様。お待ちしておりました」

シャルロットの来訪に、その場にいた五人の夫人達が一斉に立ち上がってお辞儀をする。シャルロットもそれに対し、笑顔でお辞儀を返した。

椅子に座ると、すぐに給仕人がやって来てティーカップを置いた。シャルロットは喉を潤そうと、そのティーカップに口をつける。

注がれていたのは紅茶ではなく、ハーブティーだった。主宰するダムール侯爵夫人が妊娠中なので、それに配慮したものだろう。

「皆様、お変わりないかしら？」

「ええ。何事もなく過ごさせていただいております」

シャルロットの問いかけに、それぞれが笑顔で答える。

この場にいるのは、全員が結婚してさほど時間が経っていない新妻だった。

歌劇場で夫とデートをしたというほのぼのとした話題から、ときには夜の営みのあけすけな話題も出てきて、シャルロットは頬を赤らめながらも興味深く耳を傾ける。

「そういえば、新婚旅行はいかがでした？」

参加しているひとり、モランテ子爵夫人にダムール侯爵夫人が声をかける。

「とても楽しかったですわ。親戚のいる領地を回ったのですけれど、最初は西部にあるコレクに行って、そこで初めて温泉に入りました」

「温泉！　とても気持ちがいいらしいわね。肌も艶々になるとか」

聞いていた夫人達が相槌を打つ。

「そうなんです。使用人が火を焚かなくても一日中温かいお湯が湯殿に満たされていて、とても不思議でした」

モランテ子爵夫人は楽しげに、旅の思い出を語る。

「そこから南下して、最後は領地の屋敷に勤める皆様にご挨拶してきました。三週間、ずっと旦那様とご一緒できたのが本当に楽しくて」

照れたようにはにかむモランテ子爵夫人は本当に嬉しそうだ。

その笑顔を見れば、現場を見ていなくともさぞかし楽しい旅だったのだろうと想像ができた。

(新婚旅行か……)

新婚の夫婦が蜜月を楽しむための新婚旅行の風習は世界各国で見られるが、ダナース国では夫婦それぞれの生家や親戚の家を訪ねながら旅をして、ふたりの愛を深めるのが一般的だ。

一般庶民だけでなく貴族達にもこの風習はあり、多くの場合はお互いの領地を訪問する。

(わたくし達に領地はないし……)

国中に散らばる国有地を領地と呼ぶならば、それらの国有地が領地に当たるのかもしれない。

しかし、エディロン自身が領主として治めている地域は存在しない。隣国のエリス国から嫁いできたシャルロットは、言わずもがなだ。

エディロンは母を幼いときに亡くしており、父であるダナース国の初代国王も数年前に他界している。親戚もいない。

(いいな。羨ましいわ)

シャルロットは憧憬の念を抱きながら、モランテ子爵夫人の話に耳を傾ける。

各地の特産品を食べたとか、祭りに参加したとか、楽しい思い出がたくさんあるようだ。

「それで、実は――」

モランテ子爵夫人は口ごもると、頬を赤くする。

「その旅行中に赤ちゃんを授かりました」

一瞬の沈黙ののちに、周囲に歓声が起きた。

「まあ、本当に？」

「おめでとう！」

シャルロットも祝福を贈りながら、自分のことのように嬉しくなった。

「ありがとうございます。旦那様も本当に喜んでくださっていて――」

まだぺたんこのお腹を撫でるモランテ子爵夫人の眼差しは、既に母としての慈しみに溢れているように見えた。

「では、わたくしの子供と同じ年頃になるわね。楽しみね」

相槌を打ちながら、ダムール侯爵夫人も少しふっくらとしたお腹を撫でる。

「わたくしはまだだわ。頑張らなくちゃ」

参加している夫人のひとりが、ぐっと胸の前でこぶしを作る。ダン伯爵夫人だ。

「あら。あなたのところはまだ結婚して二カ月ですもの。これからよ」

その場にいる別の夫人が、慰めるように言葉をかける。

「でも、心配なようならライス商会の夜の秘薬がとてもいいわよ。わたくしもこっそりと夫の飲み物に混ぜて使ってみたのだけれど、効果てきめんで」

身を乗り出してそうアドバイスしたのは、この場で一番結婚歴の長いシルフィ伯爵夫人だ。確か、夫のシルフィ伯爵は既に四十歳近く、彼にとってはこれが二度目の結婚だったと記憶している。

「本当に？　取り寄せてみようかしら？」

アドバイスされたダン伯爵夫人は真剣な表情で頷く。

（夜の秘薬ですって？　こっそりと混ぜるってどういうこと⁉）

シャルロットは驚いた。そんなものがあるとは六度も人生を繰り返していながら知らなかったし、こっそりと飲み物に混ぜるとは一体？

自分が取り寄せることはないとわかっていても、ついつい気になって耳へと意識を研ぎ澄ませてしまう。

「あとは、マダム・リエンヌの肌着ね。あそこのものを着ている妻を見てその気にならない夫など、もはや男ではないわ」

自信満々にシルフィ伯爵夫人は言い切ると、妖艶(ようえん)な笑みを浮かべた。

「あ、それ、わたくしも持っているわ！」

「実はわたくしも……」

参加している夫人方が次々にカミングアウトしてその場がキャーキャーと盛り上がる。

「そうなの？　そんなものがあるなんて、全然知らなかったわ。わたくし、それもすぐに取り寄せるわ！」

そう宣言したダン伯爵夫人の顔は真剣そのものだ。

（え？　皆様持っていらっしゃるの？　わたくしも持っていないわ！）

その場の雰囲気に、シャルロットは動揺する。

もしかして持っていないのはダン伯爵夫人と自分だけなのだろうか。

夫婦生活においてエディロンに不満そうな顔をされたことは一度もないけれど、実はシャルロットはもっと努力をするべきなのだろうか？

（子供……か）

シャルロットは普段から接することが多い、孤児院の子供達の顔を思い浮かべる。

子供達は皆、目がキラキラとしていて本当に可愛い。

(エディロン様の子供、絶対に可愛いわ!)

まだ出会えていない天使達を想像するだけで、自然と頬が緩む。

その天使達にいつか自分も出会えたらいいな、と思った。


その晩、シャルロットは一冊のカタログを熱心に見入っていた。

「ケイシーはここのお店、知っていた?」

シャルロットは部屋の片隅でシャルロットの衣装を整えるケイシーにおずおずと声をかける。

「もちろんでございます。貴婦人御用達の、とっても有名な高級サロンでございます」

「やっぱり、常識なのね」

シャルロットはきゅっと唇を引き結ぶ。

今日のお茶会のあと、シャルロットもマダム・リエンヌのサロンの下着を一着も持っていないと知ったダン伯爵夫人に半ば頼み込まれるような形で、シャルロットは彼女に同行して件のサロンを訪れた。

その際に、店主に『是非王妃様もご贔屓くださいませ』とカタログを渡されたのだ。

(でも、こんな肌着……)

カタログには、様々な肌着を身に纏う豊満な体つきの女性達が描かれていた。

シャルロットはページを捲る。

そこには、一際きわどいデザインの下着が並んでいた。

(──無理よ。恥ずかしすぎるわ!)

一瞬でそう思った。

中には至るところに立体的な花が飾られたようなものや、布というよりも紐と表現したほうがいいような奇抜なデザインのものまである。

(これ、そもそも肌着の機能を果たしていないのではないかしら? 風邪をひいてしまうわ)

真剣にそんな心配をしてしまう。

「皆様はお持ちみたいだけれど、わたくしはやめておくわ」

シャルロットはカタログをテーブルに置き、体を背もたれに預ける。

「どうしてですか? 陛下はとてもお喜びになられると思いますが」

ケイシーは首を傾げ、カタログを覗き込んできた。

「……陛下が喜ぶ?」

それは聞き捨てならない台詞だ。

愛する夫が喜ぶならば、ここは着るべきか。

だがしかし、こんな扇情的な肌着を着ているところを人に見られるなんて、たとえ夫だとしても恥ずかしすぎるとシャルロットは葛藤する。

「こちらのシリーズなどはいかがでしょう？　上品で可愛らしく、素敵です」

ケイシーが捲っていたページの一角を指さす。そこには可憐な小花をイメージしたというシリーズが掲載されており、確かに他のページに比べるとしとやかで清楚な印象を受けた。

「確かに、これは可愛いわ」

シャルロットも頷く。でも、清楚な印象といっても普段シャルロットが使っているものに比べればだいぶ大胆だ。脇腹からお腹にかけて透けている。

「こんな肌着、わたくしが着て大丈夫かしら？　陛下にはしたない女性だと思われるかも」

「大丈夫ですとも。男性は、自分の前でだけ女性に大胆になられると嬉しいものですわ」

ケイシーはにこにこと頷く。

「そうなの……?」

そんな話は初耳だ。六回も生きていながら、世の中にはシャルロットの知らないことがたくさんあるものだ。

(……もしかしてそれ、ケイシーの体験談かしら?)

ケイシーには、王都騎士団に恋人がいる。ちょっと気になって根掘り葉掘り聞き出したい衝動に駆られたものの、内容が内容だけに聞くのはためらわれた。

「気になるなら、注文しておきますよ」

「本当? ……じゃあ、お願いしようかしら」

「はい。かしこまりました」

ケイシーはにこりと頷く。

(皆様が持っているようだから、試しに一着注文しただけよ)

シャルロットは頭の中で、自分にそんな言い訳をする。

ケイシーはカタログに挟まれている注文書にすらすらと記入し、それをポケットにしまった。

「では、そろそろお夕食の時間ですからご準備を」

「ええ、そうね」

シャルロットは時計を見る。カタログに熱中しすぎて、思ったよりも時間を食ってしまった。

軽く身支度を整えると、シャルロットはダイニングルームへと向かった。シャルロットが到着して程なくして、エディロンも到着する。

「今日は執務が落ち着いているのですか?」

シャルロットは、正面に座るエディロンに話しかける。

最近エディロンが忙しそうにしていたので、一緒に夕食を摂るのは久しぶりだ。

「ああ、大きいものは大体片付いた。あとは細々したものだけだ」

「そうですか。よかったです」

シャルロットはほっと胸を撫でおろす。これで、ようやくエディロンも休息をとることができるだろう。

給仕が食事を運んできて、ボイルした野菜にソースをかけた前菜がシャルロットの前に置かれる。

「今日は、ダムール侯爵夫人のサロンに参加すると言っていたな。どうだった?」

「皆様から色々な話を聞けて、とても楽しかったです」

「へえ、どんな?」

「えーっと例えば、最近旦那様と観た歌劇が面白かったとか、王都の外れの山でとれる栗で作ったマロンケーキが美味しいとか――」

多分一番盛り上がった話はダン伯爵夫人の夫婦生活に関する人生相談だったけれど、その話はなんとなく気まずくて避けてしまう。

「そうだな。そろそろ栗が美味しい季節だ」

エディロンは相槌を打つ。

「あとは、モランテ子爵夫人がご懐妊されたそうです」

「へえ、それはめでたいな。今度モランテ子爵に会ったら、祝いの言葉をかけておこう」

エディロンは、笑顔を見せる。

モランテ子爵夫人の夫――モランテ子爵は王宮で文官として働いているのだ。

彼はモランテ侯爵家の嫡男(ちゃくなん)だが、今はまだ父親が現役の侯爵なので、家で持っている子爵位を名乗っている。

「ええ、是非。モランテ侯爵領にも新婚旅行で訪問したと喜んでおられました。温泉に入ったと仰ってましたわ」

「確かに、あそこには温泉があるな。シャルロットは温泉に入ったことがあるか?」

「いいえ。残念ながらありません。一度入ってみたいのですが」

シャルロットは首を横に振る。

「では、行こうか。モランテ侯爵領ではないが」

「え？」

「新婚旅行だ」

「……新婚旅行？」

自分とは縁がないと思っていた単語を言われ、シャルロットは呆気に取られてエディロンを見返す。

「ああ。元々、そろそろ諸外国に外遊に行こうと計画していて、その段取りがようやく整いつつあるんだ。それにシャルロットも同行してほしい」

「外遊……」

言っている意味を理解して、じわじわと喜びが湧いてくる。

つまり、外遊にシャルロットを同行させ、途中で休暇も取りつつ新婚旅行を楽しもうと誘ってくれているのだ。

「いいのですか？」

「もちろんだ。そのために、少し長めに不在になっても大丈夫なよう、仕事を前倒ししていたのだから」

エディロンの言葉にハッとする。

（ここ最近ずっと忙しそうにしていたのは、わたくしを新婚旅行に連れていくために仕事をたくさんこなしていたから？）

「以前、俺と一緒に過ごす時間を確保してほしいと言っていただろう？」

この言葉で確信した。間違いなく、エディロンはシャルロットを喜ばせるために

ずっと仕事を無理してこなしていたのだ。

（わたくし、それなのに……）

エディロンが仕事で忙しくしているせいであまり一緒に過ごせず寂しいと思ってし

まった自分が恥ずかしくなる。

一方のエディロンは、俯くシャルロットを見て別の勘違いをしたようだった。

「シャルロット？　もしかして、乗り気ではないか？」

困惑の色が乗った声で問いかけられ、シャルロットは慌てて顔を上げる。

「いいえ、とても嬉しいです！」

勢いよく言ったシャルロットの様子に、エディロンはほっと息を吐く。

「よかった。外遊の最後は、シャルロットの生まれ育ったエリス国に行く予定だ」

「本当ですか？　ジョセフに会えるのが楽しみです」

シャルロットはぎゅっと胸の前で手を握る。

ジョセフはシャルロットの双子の弟で、現エリス国王だ。辛い幼少期や不思議なループ体験を一緒に乗り越えて必ず幸せになろうと誓い合った同志でもあり、シャルロットにとってはただの双子以上の存在だ。

（新婚旅行……！　楽しみだわ！　でも、外遊も兼ねるのだからしっかりと王妃としての役目をしなきゃ）

弥が上にも浮き立つ気持ちを必死に落ち着かせ、これからの準備を考える。

「エディロン様。ありがとうございます」

キラキラと目を輝かせるシャルロットを見つめ、エディロンも相好を崩したのだった。

◆ 三、新婚旅行

馬車から窓の外を見ると、濃く色づいた木々の葉が見えた。目的地までは、もう少しかかりそうだ。

「あ、リスだわ！」

薄茶色のリスが見えて、シャルロットは声を上げる。

どんぐりでもあったのだろうか。リスは木の幹を器用に滑り降りてゆく。

「どこ？」

エディロンが窓の外を見ようと、シャルロットのほうへ身を乗り出す。ふたりの距離が、ぐっと縮まった。

「えっと、あそこ……、あっ、もう見えなくなってしまったわ」

シャルロットは後方に移動する景色を追うように、窓から顔を出して背後を振り返る。小さなリスは、すでに肉眼では見えなくなっていた。

「エディロン様も見たかったですか？ リスがお好き？」

「リスが好きなわけではない。シャルロットがとても喜んでいたから、どんなリスなのだろうと思っただけだ」

「至って普通のリスでした……」

大人げなくはしゃいでしまったことに気恥ずかしさを感じ、頬が赤くなる。

「そうか。では、そのはしゃぎっぷりは、この旅を楽しんでくれているということだな?」

エディロンはくくっと肩を揺らして笑う。浮き立つ気持ちを指摘され、シャルロットは益々(ますます)顔を赤くした。

「楽しんでくれているようでよかった。シャルロットには、笑顔が似合う」

エディロンは優しく目を細めると、シャルロットの頭を撫でる。そして、窓の外に目を向けた。

「今日中にラフィエ国との国境に到着するはずだが」

シャルロットもエディロンにつられるように窓の外を見る。相変わらず、見渡す限り森が広がっていた。

今回の外遊では、ダナース国が良好な関係を築くことが重要な三つの国——ラフィエ国、シセル国、エリス国を周遊する。

最初に訪れるのはラフィエ国で、シャルロットの三度目の人生の嫁ぎ先でもある。

現在の宰相が非常にやり手で大規模な改革を断行したこともあり、諸外国に比べて先進的な福祉制度と教育制度を整えていることで知られている。

「ラフィエ国に訪れたら、宰相のレイツ様に是非お会いしたいです。とても頭脳明晰で、やり手の方なのです」

「レイツ？　確か、あなたが随一の参謀だと称していた男だな？」

「はい。五回のループを繰り返して色々な方に出会いましたが、彼ほど固定概念に囚われない斬新なものの見方をする方を、わたくしは知りません。話す価値は絶対にあります」

シャルロットは断言する。

三度目の人生でラフィエ国で過ごした記憶を思い返すと、主要な施策のほとんどはレイツが指揮していた。非常に頭の切れる男だ。

「なるほど。よく覚えておこう」

エディロンは頷く。

「シャルロットはその男に会ったことがあるのか？」

「えっと、今世ではありません。三回目の人生では、よくお話しする機会がありました。ラフィエ国に嫁いだので」

「……そうなのか？」

エディロンの表情が怪訝なものに変わる。

「はい。そうです」

「初耳だ」

「……そうだったかもしれません」

シャルロットは首を傾げる。

言われてみれば、確かにそうだったかもしれない。

五回のループを繰り返し、結婚当日に夫となる男から殺され続けたことは話したけれど、具体的に何度目で誰と結婚したかや、どうやって殺されたのかは話していない。

「……ふうん」

やや間を開けて返事をしたエディロンは、どさりと椅子の背もたれに寄りかかる。

馬車の窓からサーッと日が差し込む。ようやく森を抜けたのだ。

「森を抜けた。あと数時間もすれば、ラフィエ国の領地に入る」

「はい」

開けた平野は一面が金色に染まっていた。ちょうど実りの時期を迎えた小麦だろうか。

その景色を見つめながら、シャルロットは知らず知らずのうちに口元を綻ばせた。

(綺麗……)

国によって建築物の構造は少しずつ異なる。

ラフィエ国の王宮はブロックを積み重ねたような箱型をしていた。

正面門から両翼と背後に大きく広がる構造のダナース国の王宮や、尖塔がいくつもそびえ立つ構造をしたシャルロットの故郷——エリス国のそれとも違う。

「ようこそいらっしゃいました」

到着したエディロン達を出迎えてくれたのは、国王の側近をしているという中年の男だった。

「ああ。数日世話になる」

エディロンは笑顔でその男性と握手を交わす。

「お部屋までご案内します。本日の夜は陛下も交えた晩餐をご用意しておりますので、ご挨拶はその際に。のちほど、王太子殿下がご挨拶に参ります」

「わかった。ありがとう」

エディロンにお礼を言われ、男は慇懃な態度で頭を下げた。

案内されたのは宮殿の二階に位置する貴賓室だった。大きな部屋にはダブルベッドやソファーセット、続き間にはダイニングテーブルまである豪華なものだ。

石造りの壁には大きなタペストリーが飾られていて、きっと宮殿内でも最も豪華な部屋を準備して歓迎してくれたのだろうと容易に想像がつく。

室内を見回していたエディロンは壁を拳で軽く叩く。びくともしないそれは、城が重厚な造りであることを窺わせた。

煌々と明かりが灯されているせいで暗さは感じないものの、窓の開口部は小さく日はほとんど差し込んでこない。ラフィエ国の宮殿は、ここに限らず外と繋がる大きな窓があまりない。

「まるで要塞のような建物だな。このような開口部を少なくする建築様式は、弓矢や近年出回り始めた銃での攻撃を防ぐためによく使われるものだ」

「事実、要塞だったのです。ラフィエ国は幾度も、諸外国からの侵攻に悩まされた過去がありますから」

部屋の中を見回していたシャルロットも、エディロンにつられたように石造りの壁に触れる。

「そうだった。直近では、十五年前の運河の利権を巡るいざこざだ。その前は二十五年前だったな。攻め入ったのは我が国の前身であるレスカンテ王国――」

二十五年前、既に崩壊への道を進み始めていたレスカンテ王国は国民の中央政権への不満を他国に向けるため、そして土地と天然資源を横取りするため、ラフィエ国に攻め入った。

だが、ラフィエ国の防戦は素晴らしく、レスカンテ王国は完全撤退せざるを得なかった。

この作戦のためにレスカンテ王国が失った国家財産は計り知れない。その結果、レスカンテ王国の中央政権は益々苦境に立たされ、国家崩壊へ寿命を縮めたのだ。

そのとき、トントンとドアを叩く音がした。

「はい」

エディロンが返事をする。

「王太子のダリオ=アントンソンです。ご挨拶をさせていただきたい」

「どうぞ」

入ってきたのは、栗色の髪をひとつに纏めた爽やかな青年だった。赤色のマントを纏っている。

そして、その少し後ろには金髪碧眼(へきがん)の、美丈夫を絵に描いたような男がいた。グレーの貴族服を身に纏い、口元に穏やかな笑みを浮かべている。

「先ほど申し上げたが、改めてご挨拶させていただく。私はこの国の王太子の、ダリオ＝アントンソンです」

前に立つ赤色のマントを纏った青年——ダリオは胸に手を当て、お辞儀をする。

「ダナース国王のエディロン＝デュカスだ」

「ダナース国王妃のシャルロット＝デュカスでございます」

エディロンとシャルロットも丁寧にお辞儀を返した。それを見届けてから、ダリオの背後に控えていた青年が前に出る。

「私はラフィエ国の宰相を務める、レイツ＝ビーツです。以後、お見知りおきを」

(この男が、レイツか……)

エディロンは「エディロン＝デュカスだ」と言葉を返しながらも、相手を観察する。柔らかな物腰の中にも視線に鋭さがある男だ。そして、事実として彼が切れ者であることを、シャルロットが証言している。

だが、エディロンが最も驚いたのは彼がまだ年若い青年だったことだ。年齢はエディロンとさほど変わらないように見え、二十代後半からせいぜい三十過ぎだろう。

シャルロットから〝随一の参謀〟と聞いていたので、壮年の人物を想像していた。

「エディロン陛下におかれましては、就任以来ダナース国の経済成長が著しいですね。是非一度お話ししたいと思っておりました」

レイツはエディロンを見つめ、にこりと微笑む。

「是非のちほど、ゆっくり話そう」

エディロンが頷くと、レイツは笑みを深める。そして、今度はエディロンの横にいたシャルロットに目を向けた。

「わたくしはダナース国王妃のシャルロットです」

シャルロットはスカートを摘まみ、シャルロット＝デュカスです」

「シャルロット様のお話はコニー殿下より聞いております。とても美しくて聡明な方だと。噂通りお美しい」

レイツはシャルロットを見つめ、にこりと微笑む。

「まあ、コニー様から？ 光栄です」

シャルロットは照れたようにはにかんだ。

コニーとは、以前ダナース国の建国二十周年記念パーティーに来てくれたラフィエ国の第二王子のことだ。

「お目にかかれて本当に嬉しいです。レイツ様とは是非色々とお話ししたくって――」

シャルロットはその顔に喜色を浮かべ、レイツに話しかける。

「私とですか？」

一方のレイツは少し意外そうに目を瞬かせた。

「はい。社会福祉や学校教育、医療など……。レイツ様には教えていただきたいことがたくさんあって――」

「そうですか。それは光栄です」

レイツは口元に笑みを浮かべる。

「それでは、今宵の晩餐で色々とお話しできるのを楽しみにしています」

「はい、是非！」

シャルロットは目をキラキラとさせて、頭を縦に振る。

挨拶を済ませたダリオとレイツは部屋をあとにする。

エディロンはその後ろ姿が見えなくなるのを見届けて、部屋のドアを閉める。

「……これまで、ダナース国は建国してから二十年しか経っていないからと諸外国から格下に見られることが多かった。正直今回の外遊も心配していたのだが、今の様子だととても歓迎してくれているように見えるな。ありがたいことだ」

大なり小なり、不快になる出来事もあるだろうと覚悟していた。しかし、今のダリオとレイツの様子からは歓迎の意が感じ取れ、エディロンはほっとする。

「そうですね。陛下の努力の賜です」

「シャルロットの努力の賜だろう？　俺と婚約破棄するために、あれこれ頑張っていた」

シャルロットは過去五回の人生で、結婚すると必ずその日に死んだ。

そのため、六度目の人生こそは死にたくないと思ったシャルロットは、エディロンに婚約破棄を持ちかけてきた。

その提案に対してエディロンが出した条件は『政略結婚する必要がないほどダナース国の国際的地位が上がること』だった。

かくして、シャルロットは自分の死を回避するために自身が持つ知識を総動員してダナース国の国際的地位が上がるように邁進し、結果として本当にその地位は向上したのだ。

「そのことはもう言わないでください。エディロン様と婚約破棄したかったのではなく、結婚してまたその日に死ぬのが怖かったのです」

シャルロットはシュンとして眉尻を下げる。

「悪い。困らせるつもりはないんだ」

エディロンはふっと笑みをこぼし、シャルロットの頭を撫でる。

「……さっき来たダリオ殿下がシャルロットの昔の夫か？」

なんとなく気になり、エディロンはシャルロットに尋ねる。

「いいえ、違います。わたくしが結婚するはずだったのは第二王子のコニー殿下です」

シャルロットは首を横に振る。

「でも、ラフィエ国にいる間はコニー殿下よりもレイツ様とお話ししていることのほうが多かった気がします。色々と興味深いアイデアをお持ちなので、話していると楽しくて」

三度目の人生を思い返しているのか、シャルロットは楽しげだ。

「……へえ。レイツ殿と」

「はい！　だから、今回お会いできて嬉しくて。全然変わっていらっしゃいませんでした」

シャルロットは再会を喜ぶように、楽しげに笑う。

シャルロットは様々なアイデアを持つレイツと話せることを単純に楽しみにしてい

る。

　そうわかっているのに、エディロンは胸の内になんとなくもやもやとしたものが広がるのを感じたのだった。

　歓迎の晩餐は王宮の中心部にある晩餐室で行われた。

　エディロンは通された席に座り、周囲を見回す。

　長さ十メートルはありそうな大きな長テーブルを囲むように席が配置され、国王夫妻の他に王太子のダリオや第二王子のコニー、それに、王女や何人かの臣下も同席している。その中には先ほど挨拶したレイツも交じっていた。

「今日このようにエディロン陛下とシャルロット妃を我が国にお迎えすることができ、心から嬉しく思う」

　そう言って歓迎の意を表したのは、ラフィエ国の国王その人だ。

　たっぷりと蓄えた髭が印象的な男性で、年齢は六十歳近いだろうか。

目尻には年齢を感じさせる皺がくっきりと刻まれていた。しかし、その瞳は鋭さを保っており、この国を何十年にわたり治めてきた国王の威厳を感じさせる。

「エディロン陛下のお父上に、一度だけ会ったことがある。鋭い目に大志を抱いた、大きな男だった」

ラフィエ国王はどこか懐かしむような表情を見せる。

「そうですか」

エディロンの父は四年ほど前に亡くなった。

一介の平民だった父はレジスタンスを率いて蜂起(ほうき)し、そのリーダーとして先陣を切って人々を導いた。そして最終的には新たな国を設立、国王にまで上り詰めた。

父は、エディロンがこの世で最も尊敬する人物でもある。

「あのときはまだダナース国は建国して間もなくて、国内が安定していないようだった。そんな中で、他国から攻め入られた我が国に軍事用品と日用品の物的支援を打診してくれた。あのとき、支援を申し入れてくれたのはダナース国だけだった。皆、我が国が負けると思っていたのだろう」

ラフィエ国王はそのときの記憶を手繰るように、ゆっくりと語る。

(ダナース国が支援を打診……)

すぐに十五年前にラフィエ国が他国から攻め入られたときのことだとわかった。エディロンはじっとラフィエ国王の話に耳を傾ける。

「実はあのとき、我々はまだ警戒していた。ダナース国が味方を装って近づき、弱ったところで自分達が攻め入り我が国を盗ろうとしているのではないかと」

(それはそうだろうな)

エディロンは心の中で相槌を打つ。

もしも自分がラフィエ国の国王の立場だったら、同じことを考えただろう。

「しかし、全て杞憂だった。ダナース国王は誠実を以て我が国に接してくれた。感謝しよう」

「こちらこそ。ラフィエ国は建国間もない我が国にお力添えくださいました。深く感謝します」

口元に微笑みを浮かべるラフィエ国王に、エディロンも感謝の意を伝える。

〝平民国家〟と周辺国に蔑まれていたダナース国にとって、ラフィエ国のように対等な国家として扱ってくれる国は何物にも代えがたい存在だったのだ。

一方、シャルロットも興味深くふたりの話を聞いていた。

(ダナース国とラフィエ国って、そういう関係の元に成り立っているのね)

王宮にある機密文書を見ればそれらの経緯の子細が載っているのだろうが、シャルロットが読んでいた王宮図書館の資料にはそこまで細かい話は載っていなかった。初めて聞く話ばかりで、非常に興味深い。

「滞在中、色々と有意義な意見交換ができればと思っている。気になることはなんなりと聞いてほしい」

「ありがたきお言葉です」

ラフィエ国王の言葉に、エディロンが謝意を伝える。一旦会話が終了したのを見計らい、シャルロットはおずおずと口を開く。

「ラフィエ国は以前より福祉と教育に非常に力を入れておりますね。我が国でも学ぶ点が多いと感じておりますので、のちほどお話を聞かせていただいても？」

「もちろんです。それらに関しては宰相のレイツが主導しているので、彼に聞くといい」

ラフィエ国王はテーブルの端に座るレイツを手で示す。シャルロットの視線を受けたレイツは軽く会釈し、「私で答えられることであればなんなりと」と微笑んだ。

「聞きたいことがたくさんあるんです。一番興味があるのは、健康保険というのかしら、医療費の組合制度を国家で設立したとか。あれは、今どうなっているのですか？」

「よくご存じですね」

レイツは驚いたように目を瞠る。

「ええ。行商人から、噂話を聞きまして」

シャルロットは淀みなく答える。本当は三度目の人生の際にそういう法案をレイツが提出しようとしていたのを知っていたからだけれど、ここは嘘も方便だろう。

「なるほど。そうだったのですね」

レイツは疑う様子もなく、頷く。

「実は、仰るような制度を試験的に取り入れています。まだ制度が開始したばかりなので効果のほどは定量的に計れていませんが、体感として以前に比べて医療費に困って病院にかかれない国民は減ったのではないかと」

レイツは一旦言葉を止め、思案するように視線を漂わせてまたシャルロットを見つめる。

「ただ、大きな問題は病気をする可能性が高い人間ほど組合に入りたがり、健康な人間は入りたがらないことです。月々の会費に対して支給額が膨大だと制度が破綻しますから、いかにしてバランスを取るか試行錯誤しています」

シャルロットが自分の施策に興味を持ったのが嬉しかったのか、その後もレイツは色々な話をしてくれた。シャルロットはそれらの話に興味深く聞き入る。

「よろしければ明日、学校や病院をご案内しましょう」

「本当ですか？　是非！」

シャルロットは両手を合わせて表情を明るくする。話を聞くのも勉強になるが、実際に目で見てわからないことを確認するともっと理解が深まるだろう。

「しかし、エディロン陛下とシャルロット妃がご結婚されると聞いたときは驚きました。特に、シャルロット妃はほとんど表舞台に立つことがない高嶺（たかね）の花でしたので」

会話が一旦止まったところで話題を変えたのは王太子のダリオだ。

「まあ、そんな……」

シャルロットは口元を手で押さえ、「ほほほっ」と笑う。

（高嶺の花ではなくて、自主的な引きこもりだったのです）

喉元まで出かけた本当の理由は、もちろん口にすることはない。

「ええ。とてもよき伴侶（はんりょ）を得ることができて嬉しく思っています」

エディロンが隣に座るシャルロットの手に自分の手を重ねる。エディロンのほうを見るとちょうどこちらを見た彼と視線が絡み合い、胸がトクンと跳ねる。

「実は我が国からもコニーの相手にとエリス国のリゼット王女に婚姻の打診をしたのですが、丁重に断られてしまいました。なんでも、第二王女殿下は体調を崩されて離宮で療養しているそうですね」

「え？」

シャルロットは一瞬言葉を詰まらせたが、すぐに「ええ、実はそうなのです」と取り繕ってなんとか会話を合わせる。

一年ほど前、当時エリス国の王妃であったシャルロットの義理の母――オハンナ妃が結婚式で浮つく空気に乗じてエディロンを殺そうと企む前代未聞の事件が発生した。ダナース国の領地を乗っ取ろうとしたものだ。

現在、オハンナ妃はふたりの子供と共に離宮に幽閉されている。

しかし、この事件については一切の口外を禁止しているため、ラフィエ国の申し出にもそのような無難な回答をしたのだろう。

(王妃様とリゼットって、今どんな風に過ごしているのかしら……)

栗色の髪を結い上げて凍てついた眼差しで自分を見つめるオハンナ妃に、愛らしい見た目に反してシャルロットに対しては意地の悪い笑みを浮かべる義妹のリゼット、それに、まだあどけなさの残っていた義弟のフリード。

ずっと顔を見ていない義理の母や妹弟の顔が脳裏に浮かんだ。

結局、晩餐は三時間ほど続き、その間参加者は様々な話題で盛り上がった。

「今日の晩餐はとても有意義でしたね」

晩餐を終えて部屋に戻ってきたシャルロットは、エディロンに話しかける。

「レイツ様は記憶のとおり、聡明な方でした。本当にあの方は色々なアイデアをお持ちで」

今日は本当にたくさんの話をした。会話が盛り上がった興奮が冷めず、シャルロットは頬を紅潮させる。

「明日が楽しみですね」

「ああ、そうだな」

エディロンが相槌を打つ。

（あら？）

シャルロットはふと違和感を覚える。なんとなく、エディロンがいつもよりぶっきらぼうに感じたのだ。

「エディ――」

声をかけようとしたそのとき、部屋のドアをトントンとノックする音がした。

「はい」

シャルロットは返事をする。

「ケイシーでございます」

「どうぞ」

返事をすると、ケイシーが顔を覗かせる。

今回の旅は必要最低限の従者と護衛の近衛騎士しか連れてきていないのだが、ケイシーはシャルロットの身の回りの世話役として同行しているのだ。

「明日は朝から外出をされると伺いました。朝も早いようですので、準備しても?」

「ええ、ありがとう」

シャルロットが頷くと、ケイシーはてきぱきと作業を進めてあっという間に外出用ドレスを見えやすく並べた。

「明日はどのお召し物にいたしましょうか?」

「そうね……」

シャルロットは頬に手を当て、並べられたドレスに近づく。吊り下がっているドレスのデザインを確認するように一枚一枚眺めてゆく。

「うーん。これが爽やかな印象で――」

「黄色がいいんじゃないか?」

「え?」

シャルロットがドレスを手に取ろうとすると、様子を眺めていたエディロンが別のドレスを勧めてきた。

エディロンが意見するとは思っておらず、シャルロットは驚いた。

「黄色というと、こちらですか？」

持ってきた外出用ドレスの中では一番スカートの膨らみが少なく、やや大人しい印象だ。ただ、胸の部分と袖の一部にレースが使われており、王室に相応しい高貴な雰囲気は保たれている。

「確かにこちらも素敵ですね。エディロン様の瞳の色と似ていますし」

シャルロットはにこりと微笑み、エディロンの瞳を覗き込むように見上げる。エディロンの金色の瞳と視線が絡んだ。

「わたくし、これにするわ」

シャルロットはケイシーのほうをくるりと振り返ると、そのドレスを指さす。

「かしこまりました」

ケイシーは頷くとそれをドレッサーから出して、部屋の片隅にかけた。

「あれでいいのか？」

エディロンが戸惑ったようにシャルロットに尋ねる。

「もちろんです。エディロン様が選んでくださったドレス、嬉しいです」

シャルロットは笑顔で頷く。

エディロンがシャルロットの着るドレスを選んでくれたことなど、数えるほどしかない。突然の気まぐれが、とても嬉しかった。

◇ ◇ ◇

その日の晩。

エディロンはなんとなく眠れず、寝返りを打つ。

隣からは、シャルロットの規則正しい寝息が聞こえてきた。

「まさか自分が、こんなに嫉妬深いとは……」

エディロンは深いため息をつく。

先ほどは明日のドレスを選んでいたシャルロットに対し、思わず口を挟んでしまった。シャルロットが手に取ろうとしていたドレスの色が、どことなくレイツの水色の瞳を彷彿(ほうふつ)させたのだ。

『え?』

エディロンが意見したとき、シャルロットは驚いていた。エディロンの性格からして、ドレスに口出しされるとは思っていなかったのだろう。

『エディロン様の瞳の色と似ています』

『エディロン様が選んでくださったドレス、嬉しいです』

そう言って微笑んでくれたのがせめてもの救いだ。だが、シャルロットが喜べば喜ぶほど、逆に自分の狭小さを感じて後ろめたく思う。

シャルロットがレイッについて嬉しそうに話す度、そして、レイッに笑顔を向ける度に自分の中でもやもやとした感情が湧き起こるのが止められない。

レイッはシャルロットの言うとおり、理知的でアイデア豊富な人間だ。そして、シャルロットにレイッへの特別な感情はないのもわかっている。

「あなたのことになると、途端に余裕がなくなってしまう」

エディロンは隣で眠るシャルロットを見つめる。

安心しきったかのようにエディロンに寄り添い、無垢な寝顔を晒していた。

「シャルロット、愛している」

エディロンはシャルロットを抱き寄せると、額にキスをした。

翌日は爽やかな快晴だった。

ラフィエ国内の視察に向かったシャルロット達は、馬車から降りる。この季節特有の、清々しい風が頬を撫でる。

「こちらは国立の療養施設です」

先を歩くレイツはこちらを振り返り、平屋の真っ白な建物を指さした。

「療養施設と病院は違うのか？」

エディロンは建物を眺め、レイツに尋ねる。

「違います。療養施設は他人の介助が必要なものの、常時医師の治療を必要とするほどではない者が入ります。例えば、事故で怪我をして足が不自由になり歩く練習をしている者などです」

「なるほど。施設を分けることにより、病院のベッドを空けて治療可能な人数をより多くしているのだな？」

「そのとおりです」

レイツはエディロンの目を見て頷く。

（なるほどな……）

医師や薬師、看護師は専門知識を持った人間しかなれないので、人数が限られる。この方法を用いれば、より必要性が高い人間を対象に治療に当たることができる。

(確かにシャルロットの言うとおり、アイデアが独創的だ)

レイツは施設内を案内しながら、必要な薬は週に一度委託先の薬師に届けてもらうことで人件費や薬品室の経費削減をしていることなどを説明する。どれも、ダナース国でも真似てみたいと思うことばかりだった。

その後、レイツはエディロン達を小学校へと案内した。

木造二階建ての学校は、大きな校庭を備えた立派なものだ。教室の中では、たくさんの子供達が机を並べて学んでいる。

「小学校は無償か？」

エディロンが尋ねる。

「はい。全額国費でまかなっています」

レイツは頷く。

「先ほど、立派な調理場があるのが見えたのですが、なぜですか？　学校で、料理の勉強を？」

シャルロットも質問する。

「いいえ。あれは、学校で出す食事用です」

「学校で食事を出すのですか？」

「はい。元々、ラフィエ国では小学校は義務教育ではありませんでした。義務化された当初は家の仕事を手伝う人手が減ることを嫌い、学校に通わせたがらない親も多かったのです。給食の目的は子供達に栄養のある食べ物を十分に与えることが第一ですが、それ以外にも、親や子供が自発的に通いたい、通わせたいと思わせる動機づけの意味もあります」

「なるほど。考えたな」

エディロンは唸る。

「最初は無駄遣いだと反対する者も多かったのですが、給食を出すようになって就学率が二割も上がったんですよ。識字率も上がり、一人ひとりができることが増えました」

説明するレイツは嬉しそうだ。

福祉や教育は、お金をかけてもその効果がすぐには見えにくい。限られた国の予算を大きく割くことに多くの反対があるのは、エディロンにもよくわかる。

だが、国民を国の財産と捉えてしっかりとした教育を施すことは国全体の生産性や技術力の向上に繋がる。レイツは様々な施策を考え、それを実現しているのだ。

（シャルロットが学ぶことが多い国だと言っていたのも頷けるな）

エディロンはシャルロットのほうを見る。

シャルロットは教室を指さし、レイツと楽しげに話をしていた。

その日の深夜、寝る準備を整える時間になってもシャルロットは興奮が冷めやらなかった。昼間の視察が楽しすぎたのだ。

ベッドの端に座り、エディロンに話しかける。

「今日の視察は色々なことが学べたわ。ダナース国に戻ったら試したいことがたくさんありましたね」

「明日には出発だなんて、早いです」

本当は見たい場所がもっとたくさんあった。回れないのが残念でならない。

「そうだな。移動の時間もあるから、あまりひとつの国に時間を割けないのが残念だ」

エディロンはサイドボードに置かれた水差しからコップに水を注ぐと、それを飲み干す。

「回りきれなかった施設については、レイツ様があとで資料を纏めて送ってくださるそうです。とても助かりますね」

「そうだな」

「レイツ様って、本当にすごいと思いませんか？　まだ二十九歳――」

シャルロットは夢中で喋る。そのとき、ベッドサイドに戻ってきたエディロンが右手の人差し指をシャルロットの口元に添える。

「エディロン様？」

突然のエディロンの行動に戸惑ったシャルロットは、彼を見上げる。秀麗な顔が近づき、唇が重なった。

「シャルロットはこの国に来る直前から、レイツ殿の話ばかりだな」

「え？」

驚いて目を見開くシャルロットに、エディロンはまたキスをする。一度目よりも濃厚なそれは、途端にシャルロットの意識を絡め取ってしまう。

「今日、シャルロットは俺よりレイツ殿の名前を呼んだ回数のほうが多いのではないか？」

少し責めるような言い方に、違和感を覚えた。

結婚は何度もしているくせに恋愛経験の乏しいシャルロットは確信を持てないけれ

ど、これはもしかして――。

「エディロン様？　もしかして、妬いていらっしゃる？」

シャルロットがエディロンの顔を覗き込もうとしたその瞬間、力強く押し倒されてシャルロットの体はベッドに横たわる。エディロンに上から顔を覗き込まれ、ドキッとした。

「あなたが他の男のことを考えているのは、僅かな時間でも許せそうにない」

少し不機嫌そうなエディロンの様子に、胸がほわっとする。

この独占欲は、シャルロットを愛してくれているからこそだろう。

「エディロン様のことしか考えていません」

シャルロットは首を左右に振る。

「レイツ様のお話を聞きたかったのも、エディロン様のお役に立ちたいからです」

シャルロットはエディロンの頬を両手で包むと頭を上げて、自分からキスをした。

エディロンは少し驚いたように瞠目したが、すぐにシャルロットに応えるようにキスを返す。その最中、大きな手がシャルロットの体のラインをなぞるように優しく触れる。

「もっと、俺のことしか考えられないようにしたい」

熱のこもった視線で見つめられ、体の奥が熱くなるのを感じる。

両手が絡め取られ、シーツに縫い付けられた。

翌日、シャルロット一行はラフィエ国を発ってシセル国へと向かった。

シセル国は、シャルロットの義理の母であるオハンナ妃の生まれ育った場所だ。

シャルロットは外を眺める。馬車は既にシセル国の王都に入っているようで、威勢のよいかけ声でものを売る商人達の姿がそこかしこに見えた。

「確か、シセル国は一夫多妻制だったな。現国王も十人以上の子供がいるはずだ」

「ええ、そう記憶しております。義母は国王陛下の正妃の子供でした」

この旅行の前に学んだ知識では、現シセル国王には最初に娶った正妃の他に複数の側室がいる。そのそれぞれに子供がいるので、王子と王女の数も多い。義母であるオハンナと一番下の王女は二十以上も歳が離れている。

「シセル国からは数カ月前から水道整備と農業の技能習得のための留学生を受け入れている。それと引き換えに、我が国からは繊維産業を学ぶための留学生を派遣している。滞在中は、彼らの視察をする予定だ」

「はい、存じております」

シャルロットは頷く。

シセル国は世界有数の織物の産地だ。特に絹織物に関しては高い技術が評価されており、世界各国で高価格で取引されている。

シャルロットも先日、エディロンと城下の視察をした際にシセル国の織物を見かけて、ショールを一枚買ってもらった。

「それが終わったら、約束の温泉に行こう」

「温泉？」

シャルロットはきょとんとエディロンを見返す。

「行こうと約束していただろう？　シセル国には温泉があるから」

「──覚えていらっしゃったのですか？」

「当たり前だ。あなたとの約束は、全て覚えている」

エディロンは口の端を上げる。

そんなエディロンの様子を見て、じわじわと喜びが広がった。

（温泉！　エディロン様と！）

先日、モランテ子爵夫人が新婚旅行で行ったと聞いて羨ましいと思っていた場所だ。

その話をした際にエディロンは確かに『行こうか』とは言ってくれてはいたが、本当に連れていってくれるとは思っていなかった。

「すごく嬉しいです！」

エディロンと共に視察して回るのもとても楽しいけれど、一日くらいプライベートを楽しみたい。

シャルロットは両手を胸の前で組み、満面に笑みを浮かべた。

その日の晩、シセル国側は歓迎の晩餐会を開催してくれた。

「ようこそいらっしゃいました。歓迎します」

にこやかに出迎えてくれたのは、王太子のクラウディオだ。赤みがかった金髪と緑色の瞳が印象的な男性だった。年齢は三十代半ばくらいに見えた。

「父が出迎えられず、申し訳ない」

「いや、気にしないでくれ」

エディロンは首を振る。

既に齢七十近いシセル国王が最近体調を崩しがちだという情報は、エディロンのところにも入ってきていた。今年中にクラウディオに王座を譲る予定になっているとも聞いている。

「どうぞ座ってくれ」

クラウディオは空いている中央の席をエディロンとシャルロットに勧める。ふたりはありがたく、そこに座った。

(本当に王族が多くていらっしゃるわ)

長テーブルには全部で三十人近い人が着席していた。彼らは全て現役の王族だというのだから、驚きだ。

(あら?)

そのとき、シャルロットはひとつだけ席が空いていることに気付いた。一番下座の席だ。

「カロン。ヴァレリアはどうした?」

シャルロットと同じく空席に気付いたクラウディオが、眉を寄せる。

「また体調不良みたいですわ」

質問された、現国王の末娘であるカロン王女が答える。カロン王女はシャルロットとそう変わらない年頃に見えた。

それを聞き、周囲の王女達が顔を見合わせてくすくすと笑った。

(何かしら？)

その雰囲気に、なんとなく違和感を覚える。

「ヴァレリアのやつ、またか……」

クラウディオは額に手を当ててため息をつく。しかし、すぐに気を取り直したように顔を上げると、果実酒の入ったグラスを手にした。

「今日の参加者はこれで揃っているな。では、ダナース国王のエディロン陛下とシャルロット妃を歓迎して、乾杯」

「乾杯」

周囲の参加者もグラスを上げる。

タイミングを見計らったようにすぐに料理が運ばれてきて、晩餐が始まる。

「まあ、美味しそう！」

見た目も鮮やかな前菜がシャルロットの目の前に置かれる。

次々に運ばれる料理は初めて食べるものもたくさんで、先ほど感じた違和感はすぐに忘れていた。

晩餐会は二時間ほど続いた。

「話したいことは尽きないが、そろそろ時間も時間だ。エディロン陛下、シャルロット妃、本日は本当にありがとうございました。引き続き、両国の繁栄を願いましょう」

頃合いを見て、王太子のクラウディオが会を締める。

それに合わせて参加者達が一斉に立ち上がった。

シャルロットもエディロンと一緒に、部屋に戻ろうと歩き始める。

その途中、回廊を歩いていたシャルロットはふと視界の端で何かが動いた気がして、立ち止まった。

「シャルロット、どうした？」

急に立ち止まったシャルロットを、エディロンが振り返る。

「あそこに、姫君がおります」

シャルロットは庭園のガゼボを指さした。

すっかり辺りは夜の帳に包まれているが、庭園には随所に明かりが点されていた。

ぼんやりと浮かび上がるガゼボの手すりに体を預けて夜空を見上げる女性がいるのだ。

「本当だ。姫君だな」

エディロンとシャルロットが滞在するためにシセル国が用意してくれたのは、普段

王室の者しか出入りしない特別貴賓室だ。メイド服でもない若い女性がここにいると
いうことは、おそらく王女だろう。

「もしかして、体調を崩されていたヴァレリア王女殿下ではございませんか？ せっ
かくなので、わたくし、ご挨拶に行って参ります」

シャルロットはエディロンにそう言い残すと、回廊から階段を軽やかに降りる。

「ごきげんよう」

声をかけると、女性はハッとしたように振り返る。

シャルロットが近づいてきていることに全く気付いていなかったようで、驚いたよ
うな顔をしていた。

（わあ、可愛い人！）

艶やかな髪をハーフアップにしたその女性は、少し垂れた目元が印象的な可愛らし
い人だった。おどおどしたような眼差しでシャルロットを見つめている。

「失礼ですが、ヴァレリア王女殿下でいらっしゃいますか？」

「ええ……」

その女性、ヴァレリアはこくりと頷く。

「あなたは？」

「わたくしはダナース国王妃、シャルロット＝デュカスです。本日の晩餐にヴァレリア様はいらっしゃらなかったので、回廊からお見かけしてご挨拶に参りましたの」

「え？　晩餐……？」

ヴァレリアはなぜが言葉を詰まらせる。

その様子に、シャルロットはおやっと思った。ヴァレリアが驚いているように見えたのだ。

（どうされたのかしら？）

しかし、ヴァレリアはすぐにハッとしたような顔をしてスカートを摘まむ。

「シセル国の第五王女、ヴァレリア＝フォンターナでございます。本日は出席できず、申し訳ありませんでした」

「いえ、お気になさらずに。もう体調はよろしいのですか？」

「え？　ええ」

ヴァレリアはこくこくと頷く。

「ここは冷えますが、何をなさっていたのですか？」

シャルロットは辺りを見回す。

暗闇の中、僅かに点された明かりで周囲がぼんやりと浮かび上がっている。特に何もなさそうに見えた。

「星を……」

「え？」

「星を眺めていたのです。昔から、星を眺めるのが大好きで。ただ単に眺めるのも好きですし、神話や物語に思いを馳せるのも好きです」

シャルロットは空を見上げる。

夜空に煌めく星は真っ黒い布に散らばった宝石のように美しい。眺めるのが好きという、ヴァレリアの気持ちも理解できた。

風が吹く。ヴァレリアがぶるりと体を震わせた。

少し離れたところからシャルロット達を見守ってくれていたエディロンが、会話が一段落したのを見計らって近づいてきた。

「ヴァレリア王女。私はダナース国王のエディロン＝デュカスだ」

「はじめまして。シセル国第五王女、ヴァレリア＝フォンターナでございます」

ヴァレリアはエディロンのほうを向くと、優雅な所作でお辞儀する。

「シャルロット、今夜は冷える。そろそろ戻ろう。ヴァレリア殿も、そろそろ戻られたほうがいいのでは？　供もつけずにこんな夜更けに出歩いては、心配されるだろう」

「あ、はい」

夜は冷え込むと驚くほど寒くなる。寒さを紛らわせるため、ヴァレリアは手で腕を摩っていた。

エディロンが彼女のために気を利かせたことは、シャルロットにもすぐわかった。

「そうですね。ごきげんよう、ヴァレリア様」

「ごきげんよう」

少し歩いたところで、シャルロットは背後を振り返る。

ヴァレリアは既に部屋に戻ったようで、無人のガゼボが月明かりに照らされていた。


部屋に戻ると、エディロンは着ていたフロックコートを脱ぎ捨てた。

「かしこまった貴族服は肩が凝る」

「ふふっ、エディロン様は普段あまりこういう衣装をお召しにならないですものね」

肩に手を当てて腕を回すエディロンの様子に、シャルロットは笑みをこぼす。

エディロンは普段、軍服を着ていることが多い。飾りの多いフロックコートは動きにくく感じるのだろう。

「それにしても――」

シャルロットは口を開く。

「あのヴァレリア様のこと、気になります」

「気になるって？」

エディロンが聞き返す。

「先ほど話した様子を見る限り、ヴァレリア様はわたくし達が来訪することを知らなかった様子でしたわ。きっと、彼女にだけ情報が伝わっていなかったと思うのです」

「ああ。それは俺も感じた」

エディロンは頷く。

「ヴァレリア王女は確か、母親が身分の低い侍女だったと記憶している。よくわからないが、色々とあるのではないか？」

「母親が身分の低い侍女……」

シャルロットの脳裏にすぐに蘇ったのは、平民から側妃になった自分の母親だった。それに、晩餐会の最中に『体調が悪いようです』と聞いた他の王女達のくすくす笑う様子も思い出す。

（母親の身分が低いから、周囲に虐げられているのかしら？）

ヴァレリア王女の様子が自分とジョセフと重なり、胃がぎゅっとなる。

「なんとかしてあげられないでしょうか？」

「ここは、ダナース国でもエリス国でもない。他国の王族の人間関係に部外者が口を出すのは、あまり褒められたことではない」

「そう……ですよね……」

シャルロットは目を伏せる。エディロンの言うことは尤もだった。

今日来たばかりの、たった数日しか滞在しない他国の王族が自分達の国の王家の家族関係に口出ししてきたら、誰だって不愉快なはずだ。ともすれば、状況がもっと悪化してしまう可能性だってある。

「シャルロットは優しいな」

隣に座ったエディロンはシャルロットの頭を撫でる。シャルロットがこてんと頭をエディロンに預けると、優しく抱き寄せてくれた。

家族から冷遇される寂しさや辛さは、痛いほど知っている。

シャルロットはジョセフという同士がいたからまだよかったけれど、ヴァレリアはひとりきりだ。

（わたくしにとってのエディロン様のような方が、ヴァレリア様にも現れるといいけれど）

ほんの少し言葉を交わしただけのヴァレリアの幸せを願った。

翌日、シャルロットは予定通りダナース国からの技術研修の留学生達の視察を行った。

案内されたのは王宮から馬車で三十分ほどの場所にある、繊維工場だ。

「ここが全部、繊維工場なのか?」

想像以上に大きな建物を見て、エディロンが尋ねる。

「ああ。工程ごとに分業することによって大量生産を行っている」

案内してくれたクラウディオは、あそこが生糸の生産で、あっちが織り、そこが染め付けで——と指さしながら説明する。一つひとつの工程の敷地がとても広く、織りの工程では百メートル近い長さの通路の両側にずらりと機織り機が並んでいた。その機織り機の前に作業員が座り、黙々と作業をしている。

その通路が何本もあるのだから、この繊維工場全体で何人の人間が働いているのか、想像もつかない。

「ダナース国からの留学生もあそこにいる」

クラウディオが指さした先には、十人ほどの若者達がいた。指導員らしき人から何かを教わりながら、機織り機を操作している。

「部下からの報告によると、順調に技能習得が進んでいるようだ。おそらく、再来年には帰国してそちらの国で技能伝承員として活躍できるのではないかと」

クラウディオの説明を聞きながら、エディロンは「そうか、感謝する」と頷いた。

その後、シャルロット達は実際にこの繊維工場で作られたという織物を見せてもらった。

「これ、素敵ね」

シャルロットは積み重なる布の中から一枚を手に取る。

ピンク色一色の布には、生地の織り方を変えることでつけられた地紋が入っていた。

「買おうか」

「え？　いいのですか？」

シャルロットは驚いてエディロンを見る。

「もちろん。これと同じ品質のものは、ダナース国ではなかなか手に入らない。土産も兼ねて何枚か選ぶといい」

これと似たシセル国からの輸入品ならダナース国でも売られており、シャルロットもエディロンに一枚贈ってもらった。

しかし、これはシセル国でも最高の材料を用いて最高の技術で作られたものだ。織り方の繊細さや絹の手触りなど、細部は異なっているのが素人のシャルロットにもわかった。

「そうですね。ありがとうございます」

「買わなくても、いくらでも贈るが」

横で話を聞いていたクラウディオはただでいいと言ったが、「土産も選ぶとなるとそれなりの数になるのでさすがに申し訳ない」とエディロンはそれを固辞する。

「シャルロット、選ぶといい」

「はい」

エディロンのありがたい気遣いに感謝する。

シャルロットはたくさんの布製品を前に、熱心に土産選びをしたのだった。

「今日見た織物、とても素敵でしたね」

「ああ、そうだな。」

王宮に戻ったあとも、シャルロットはほくほくの笑顔だった。

「たくさん買っていただいて、ありがとうございます。わたくしのも見立てていただいて――」

「構わない。シャルロットが喜んでくれるなら、いくらでも贈ろう」

優しく微笑まれて、胸がドキッとする。

「シャルロットが笑顔でいられるようにするのが、俺の役目だろう」

「……ありがとうございます」

もう何カ月も一緒に過ごしているのに、エディロンの優しさに触れる度にどぎまぎしてしまう。

気恥ずかしさを隠したくて顔を背けると、ちょうど回廊から庭園が見えた。

(あら?)

ガゼボに、艶やかな茶色い髪をハーフアップにした後ろ姿が見えた。

「ヴァレリア様かしら?」

エディロンもシャルロットが見ている方向を見る。

「後ろ姿だから確信は持てないが、似ているな」

「わたくし、少し声をかけてきます」

シャルロットはそう言い残すと、回廊から階段を降りてガゼボへと向かった。

「ヴァレリア様」

シャルロットが声をかけると、ガゼボにいる女性が振り返る。予想通り、それはヴァレリアだった。読書中だったようで、本を持っている。

「え？　シャルロット様？」

突然話しかけられて、ヴァレリアは驚いた様子だ。

「どうされたのですか？」

「城下の視察に行ってきたのです。今、ちょうど帰ってきたところでヴァレリア様の後ろ姿が見えたので」

「そうなのですね。楽しかったですか？」

「ええ、とても！」

シャルロットは満面に笑みを浮かべる。

「ヴァレリア様は読書を？」

ヴァレリアの手元には、随分と読み古された本があった。かなり年季が入っていて、角はボロボロになっている。

「はい」

ヴァレリアは手元の本をしばらく見つめ、顔を上げた。

「恐れながら、シャルロット様はエリス国のご出身ですよね？」

「ええ」

「ずっと昔、一度だけエリス国に行ったことがあります」

「そうなのですか？」

シャルロットは意外に思い、聞き返す。

「ええ。ずっと小さい頃ですわ。大きな社交パーティーがあって……。エリス国では魔法を使える方が多いと聞きますが、空に星の花を咲かせる魔法というのもあるのですか？」

「星の花？」

ヴァレリアからの突然の質問に、シャルロットは面食らった。

しかも、聞いたことがない魔法だ。

シャルロットは首を横に振る。

「聞いたことがありません。なぜそんなことを？」

「そうですか。実は、この本に魔法で星の花を咲かせるシーンがあって……。現実には星の花が咲くことはないのですが、時間ができると夜空を眺めてしまいます」

ヴァレリアは少し照れたように打ち明ける。

(星の花……。花火とは違うわよね?)

シャルロットはもう一度記憶を探ったが、そういう魔法を見聞きしたことがない。

きっとそれは、その小説の作者の空想上の魔法だろう。

「もしかして、昨日もそれで空を?」

「ええ」

シャルロットは空を見上げる。

段々と夕焼けに染まりつつある空には、残念ながらまだ星は見えない。

「素敵なシーンですね」

もし夜空に魔法の花が咲いたら——。

さぞかし素敵な景色なのだろうと思った。

◇◇◇

シセル国に滞在する三日間は、あっという間に過ぎていった。

「短い間だったが、世話になった」

「こちらこそ、有意義な話がたくさんできました。またいつでも歓迎します」

エディロンの感謝の言葉に対し、馬車の乗り場まで見送りに来た王太子のクラウディオが朗らかに微笑む。

「タミアは馬車で半日あれば到着すると思います。楽しんで行かれてください」

タミアとは、シセル国からエリス国に向かう途中にある観光地の名前だ。景色の素晴らしさもさることながら、豊富な湯量を誇る温泉が一番の見どころで、毎年多くの観光客が訪れるという。

「ありがとう。感謝する」

エディロンはクラウディオに軽く片手を振ると、馬車に乗り込んだ。


目的地であるタミアには、馬車に揺られること四時間ほどで到着した。

馬車から見える景色が物珍しくて、シャルロットはただただ車窓を眺める。

「エディロン様、見てください。地面から湯気が出ています」

シャルロットは馬車の外を指さす。

なんの変哲もない岩場に見えるのに、その隙間からはもくもくと白い湯気が吹き上がっている。ここタミアは温泉の町だが、町全体に源泉が点在しているようだ。

「あそこの地下から温泉が湧き出ているんですよ」

案内してくれたガイドがにこにこしながら説明する。

「へえ、面白いわね。誰もお湯を沸かしていないのに、魔法みたいだわ」

エリス国では水をお湯に変える魔道具があったが、ここは魔道具もないのにどうしてお湯が沸くのだろうか。色々と興味は尽きない。

「滞在先に、温泉を引いた浴場があるそうだ。ゆっくり浸かるといい」

「はい、楽しみにしています」

シャルロットは笑顔で頷く。

モランテ子爵夫人によると、温泉には源泉ごとに様々な効能があるらしい。ここはどんな効能なのだろうかと、今から楽しみだ。

タミアはシセル国有数の観光地なので、ホテルもたくさんある。

シャルロット達が滞在したのはタミアでも最高級のホテルで、貴族の屋敷を思わせるような豪華さだった。そして、一階には温泉が引かれた浴場も備えつけられている。

石造りの浴場には水瓶を持った少女の銅像が四方についており、そこからお湯が注がれるという凝った造りだ。

「美肌の湯……。とっても素敵ね！」

少しとろりとした乳白色の湯に浸かると、これまでの旅での疲れがさっぱり取れてゆく。思った以上に癒されて、こんなにも気持ちのいいものなのかと感動すら覚えた。

「見てください、エディロン様！　すべすべです！」

湯上がりの火照った肌が心なしかいつもより美しい気がして、部屋に戻ったシャルロットは興奮気味にエディロンに腕を見せた。

「本当だな。シャルロットの肌は元々すべすべだが、本当に卵のようだ」

喜ぶシャルロットにエディロンは相好を崩す。

かく言うエディロンも、いつもよりもほっぺたが艶々している気がする。

「エディロン様もすべすべですね。エディロン様こそ普段から肌がお綺麗なのだから、わたくしも負けないようにしないと――」

エディロンの首元を手で触れると、吸いつくようなもちもち感があった。

「すごいわ……」

これはもう、高級化粧品を全身に浴びたのと同じくらいの効果があるのではないだろうか。恐るべし、温泉パワー。

「シャルロット。くすぐったい」

何も言われないのをいいことにぺたぺたと触れていると、手首を掴まれた。そのまま強く引かれ、シャルロットの体はソファーに沈む。一瞬で、エディロンを見上げるような体勢になっていた。

「俺の妻は随分と大胆に誘ってくる」

覆い被さるように上から見下ろすエディロンは、口元に弧を描く。

「誘って……？」

その意味を理解して、カーッと頬が熱くなる。

「違います」

「本当に？」

ちょっと意地悪な笑みを浮かべてつーっとシャルロットの襟元の合わせを緩めるエディロンの手が、ふと止まる。

「エディロン様？」

（どうしたのかしら？）

不思議に思って自分の体を見て、ハッとする。

（肌着！）

シャルロットは先日買った、マダム・リエンヌの肌着を着ていた。ケイシーが浴室の前に用意してくれたのが、それだったのだ。

イラストで見ると控えめな可愛さに見えたこの肌着だが、いざ着てみるとほとんど隠れているのに一部だけが透けるデザインがかえって扇情的な雰囲気を作り出していた。

「違うんです。これは、用意されたのがこれだったので着ただけです。ダン伯爵夫人の悩みを聞いたシルフィ伯爵夫人のお勧めで、付き合いで購入したもので――」

「ほう？　それは初耳だ。詳しく聞こうか」

エディロンが器用に片眉を上げる。

「彼女が買い物に付き合ってほしいと言うからに仕方なく行っただけで――」

しどろもどろに言い訳していたシャルロットは、エディロンにじっと見つめられ、口ごもる。

「……エディロン様のために、選びました」

赤面しながらもおずおずと打ち明けると、エディロンはなぜか顔を片手で覆う。

「……シルフィ伯爵夫人とダン伯爵夫人には、あとで褒美をとらせないとだな。ああ、あとはケイシーもだ」

エディロンがぶつぶつ呟く。

「え？」

なぜですか?と聞き返そうとしたが、その前に深いキスが始まり、シャルロットはたちまち翻弄される。

「あの肌着、わたくしには少々効果が強すぎる気がするの……」

という名言を、後日のお茶会でシャルロットが言ったとか言わなかったとか。

◆四、綻びの始まり

馬車の窓から顔を出して前方を見ると、そびえ立ついくつもの尖塔が見えた。

「わあ。懐かしい！」

シャルロットは久しぶりに見る景色に表情を明るくする。

二週間の旅程も残すところあと五日となったこの日、シャルロット達は最後の訪問地であるエリス国へ入国した。

エリス国はシャルロットの生まれ育った故郷だ。

弟のジョセフの戴冠式で訪問して以来なので、半年ぶりだろうか。たった半年しか経っていないのに、何年も経ったかのような懐かしさを感じた。

やがて馬車はエリス国の王宮へと到着する。

「着いたわ！」

「ああ、そうだな」

はしゃいだような声を上げるシャルロットを、エディロンは優しく見つめた。

馬車を降りると、出迎えの人々がたくさんいた。「姉さん」と声がしてシャルロットはそちらに目を向ける。

「ジョセフ！　出迎えに来てくれたの？」

そこには、豪奢な貴族服を着たジョセフがいた。ダークグレーの上着の襟や袖には金糸の飾りがついており、ジョセフの金色の髪と相まってとても似合っている。そして、肩からは赤いマントがはためいていた。

「ふふっ。ジョセフったら、王様みたい。素敵よ」

「着飾った姉さんも王妃様みたいだよ。似合ってる」

片眉を上げたジョセフと目が合い、お互いにぷっと吹き出す。

お互いにこんな風に着飾った姿を見ることがあまりなかったので、少し戸惑ってしまうが、中身は離宮で身を寄せ合っていた頃と何も変わらない。

「エディロン陛下。ようこそいらっしゃいました」

ジョセフはシャルロットの横に立つエディロンに、声をかける。

「ああ。数日間だが、世話になる」

ふたりはどちらともなく手を差し出すと、固い握手を交わした。

「俺は久しぶりにここの庭園の散歩に行く」

わいわいと話していると、羽根つきトカゲ姿のガルがシャルロットの鞄からピョンと飛び降りた。

「あ、うん。わたくしもついて行かなくて大丈夫？　迷子にならない？」

「なるか。俺を誰だと思っている。お前と一緒にするな」

ググッと唸り声を上げて威嚇されてしまい、シャルロットは肩を竦める。

この羽根つきトカゲはガルという名前で、シャルロットとジョセフがまだ幼い頃に見つけて飼い始めた二匹のうちの一匹だ。もう一匹はリロという名前で、普段はジョセフの元にいる。

――神は特に寵愛している王族に神使、多くの場合は神竜を遣わせ、特別な祝福を授ける。

これはエリス国に古くから伝わる神話だ。

そして、リロとガルこそがまさにその神竜で、美しい竜に変身することもできるのだ。

「ガルは相変わらずだね」

ぷりぷりしながら立ち去るガルの背中を見送ったジョセフは、楽しげに笑う。

「ものすごく怒りん坊なの。すぐに怒るのよ」

シャルロットは呆れた様子を見せる。

「誰が怒りん坊だっ！」

遠くから、怒鳴り声が聞こえてきた。

神竜は意外と地獄耳のようだ。そして、やっぱり怒っている。

シャルロットとジョセフは顔を見合わせ、くすくすと笑う。

（こんなやりとり、久しぶりだわ）

離れて暮らす弟との久しぶりの楽しい会話に、シャルロットは笑みをこぼした。

その日の晩、ジョセフはシャルロット達の来訪を歓迎して、三人で一緒に食事をするためのちょっとした晩餐の席を用意してくれた。晩餐室を出入りする給仕や背後に控える側近も、特に信頼して重用している気の置けない面々だと聞いている。

食事もポーク肉のソテーやスイートコーンのスープなどシャルロット達が好みそうな豪華すぎない料理が並び、心遣いに痛み入る。

「ここに来るまでに、どこに行ったの？」

「ラフィエ国とシセル国よ。途中で温泉にも寄ったの」

「温泉。気持ちいいよね」

「ええ、とても――」

そこまで答えて、シャルロットはおやっと思った。

（ジョセフ、温泉に行ったことなんてあったかしら？）

少なくとも一緒に住んでいる間は一度も行っていないはずだ。

（わたくしと一緒に住まなくなってから、行ったのかな）

今世ではそんな暇はなさそうに見えるが、過去五回の人生のどこかで行った可能性もある。

「今回の外遊は、新婚旅行を兼ねているんだ」

エディロンがジョセフに教える。

「新婚旅行ですか。いいですね」

ジョセフはにこっと笑う。

（そういえば――）

「ジョセフはまだ結婚しないの？」

シャルロットは気になって、ジョセフに尋ねる。

「いや、僕はまだいいや――」

ジョセフが首を横に振ったそのとき、「よくぞ聞いてくださいました。シャルロット様！」と背後で声がした。

振り返ると、上質な黒い貴族服を着込んだ若い男性がいた。茶髪緑眼で、柔和な顔つきをしている。

（この方は確か……クレマン侯爵令息のリカルド様ね。今はジョセフの側近をしているのね）

その顔に見覚えがあった。

クレマン侯爵家はエリス国でも古くから続く名門貴族で、第一王子であるジョセフを次期国王に推していた数少ない家門のひとつだ。

「ジョセフ陛下におかれましてはお世継ぎのため、また、政治的事情も鑑みて是非早い段階でお相手探しをされるよう常々から進言しているのですが、なしのつぶてで我々も困っております」

「そうなの？」

シャルロットは意外な話に目を丸くする。ジョセフを見ると、気まずそうに目を逸らされた。ジョセフはリカルドを睨む。

「リカルド。余計なことを言うな。期が熟するのを待っているんだ」

「熟しすぎると期を逸しますよ」

「わかっているっ！」

ムッとしたようにジョセフが口を尖らせた。

阿吽の呼吸でやりとりするふたりを見て、信頼関係がしっかり構築できていることが窺えてほっとする。

「俺もシャルロットを迎えるまで、側近のセザールが結婚しろ結婚しろと煩くて敵わなかった。ジョセフ殿にもすぐに良縁があるだろう」

エディロンがジョセフとリカルドを宥めるように言う。

「そうだとよろしいのですが。国内の貴族令嬢を招いてお妃探しの舞踏会を開こうにも、必要ないの一点張りでして」

リカルドは大げさに肩を竦めて見せる。

（そうなんだ……）

知らなかった弟の一面を意外に思う。

シャルロットは結婚してとても幸せだけれど、それはあくまでもシャルロットにとっての結果論だ。まだ結婚はいいと言う人に対して無理に勧めるのも悪い気がして、シャルロットは口を噤んだ。

楽しい時間が過ぎるのはあっという間だ。

そろそろお開きにしようとシャルロットが立ち上がったそのとき、給仕が「こちらはお部屋でどうぞ」とシャルロットに籠を渡す。籠の中には茹でたての栗と小さなナイフが入っていた。

「まあ、栗ね？　美味しそう」

「姉さんは昔から栗が好きだっただろ？　ちょうど季節だから、用意させたんだ」

「え？」

シャルロットは目を瞬く。

（わたくしのために用意してくれたの？）

エリス国の王宮の庭園には栗がたくさん落ちていたので、ジョセフとよく拾っては鍋で煮て食べていた。ジョセフの心遣いに、胸が温かくなる。

「姉さんに喜んでもらえてよかった」

「喜ぶなんてものじゃないわ。大喜びよ！」

シャルロットは思わず、ジョセフの手を握る。そのとき、ふと違和感を覚えた。

（あら……？）

確証はないけれど、握った手から感じる力強さが以前より減った気がする。それに、至近距離で見ると、ジョセフの顔色が優れないように見えたのだ。

「ねえ、ジョセフ。疲れている？」

「え、なんで？」

ジョセフは驚いたようにシャルロットを見返す。

「なんとなく。ジョセフが疲れているように見えたから。ちゃんと寝ている？」

シャルロットは心配になり、両手でジョセフの顔を包む。すると、ジョセフは困ったように笑い、自分の頬からシャルロットの手を外す。

「大丈夫だよ」

「そう？　それならいいのだけれど……」

シャルロットにとって、ジョセフはとても大切な存在だ。五回も殺されながらも今世も前向きに生きていられたのはジョセフがいてくれたからに他ならない。

「姉さんは心配性だね。安心して」

ジョセフは笑ってその話を終わらせる。

そのとき、背後にいたリカルドがジョセフに近づき、何かを耳打ちした。ジョセフは小さく頷いてからシャルロット達のほうを向く。

「申し訳ないが、もう行かなくては。明日は一緒に出かけるのを楽しみにしているよ」

「ええ、わかったわ。また明日」

シャルロットが小さく手を振ると、ジョセフはにこりと微笑んでその場をあとにする。その後ろ姿を見送りながら、やっぱり忙しそうだと心配になってくる。

「ジョセフ、大丈夫かしら……」

シャルロットは独りごちる。

「即位したばかりだから、やらなければならないことや覚えなければならないことが多いのだろう。本人が大丈夫と言うなら、信じてやる他あるまい」

シャルロットを元気づけるように、エディロンが頭を撫でる。

「そうですね。明日も会えることですし、楽しみにしています」

シャルロットはエディロンを見上げ、笑みを見せる。

明日はジョセフも一緒に、エリス国を見て回る予定なのだ。きっと道中でたくさん話す時間があるだろう。

──そう思っていたのに、それが実現することはなかった。

その知らせが来たのは、翌日、朝食を終えたシャルロットとエディロンが部屋でゆっくりとしているときだった。

「騒がしいな？」

外出の準備をしていたエディロンが、部屋の扉のほうを見る。

「確かに、さっきからずっと忙しない足音が聞こえますね」

シャルロットも同意するように頷く。

（こんなに朝早くから、どうしたのかしら？）

気になって少しだけドアを開けてみると、騎士達が何かを言いながら早足で歩き回っていた。

「何かあったのかしら？」

シャルロットは自分達の滞在している部屋を守る衛兵に尋ねる。

「そのようですが、我々もわかりません」

衛兵は首を横に振る。

「そう。ありがとう」

シャルロットはそれだけ言うと、ドアを閉めた。

「騎士の方々がひっきりなしに往来していました」

シャルロットはエディロンのほうを振り返る。エディロンはいつの間にか立ち上がり、窓から外を眺めていた。

「外にもたくさんの騎士や衛兵が出ている。何かあったんだな」

「え？」

シャルロットは慌ててエディロンの隣に並ぶ。

窓の外を見ると、眼下に広がる庭園をたくさんの騎士や衛兵が歩き回っているのが見えた。皆、何かを探しているように見える。

「どうしたのかしら？」

見てすぐに、ただ事ではない何かが発生したのだと悟った。

「ジョセフ殿に聞いてみるか」

「ええ、そうですね」

シャルロットはエディロンの言葉に頷く。

今日このあと、ジョセフとは一緒にエリス国内を周遊することになっている。そろそろ約束の時間が近いから、そこで会ったときに聞けばいいだろう。

──トン、トン、トン。

そのとき、部屋の入り口のドアをノックする音が聞こえた。

「はい」

シャルロットは大きな声で返事をして、入り口のほうへ向かう。

「失礼します」

かけ声と共に現れたのは、ジョセフの側近のリカルドだった。

「エディロン陛下、シャルロット妃。本日のジョセフ陛下とのお約束ですが、大変申し訳ないのですがキャンセルをさせていただけないでしょうか？　陛下は急な対応が入りまして——」

シャルロットとエディロンは顔を見合わせる。

昨日までは行くと言っていたのに、急にこのキャンセル。確証はないが、十中八九、外を歩き回る騎士や衛兵達と関係があるだろう。

「キャンセルすることは構いません」

シャルロットの言葉に、リカルドはほっとしたような安堵の表情を浮かべる。

「ただ、何があったのか説明がほしいわ。昨日までは、ジョセフはわたくし達と一緒に外出すると言っていたのだから」

「それは……」

リカルドは言葉を濁す。それを言っていいものか、判断がつきかねているのだろう。

「詳細をお話しするかどうかは、ジョセフ陛下に確認を取ってからでもよろしいでしょうか？」

「もちろん、構わないわ」

「では、確認して参ります」

そう言ってリカルドが踵を返そうとしたそのとき、「その必要はない」と声がした。

「ジョセフ！」

シャルロットは部屋の入り口に現れた人物を認め、声を上げる。

そこには、ジョセフがいた。ただ、すぐに違和感を抱いた。

ジョセフはいつも温和な笑みを浮かべているのに、今日は表情が硬いのだ。

「一体、何があったの？」

シャルロットはジョセフの元へ歩み寄る。

「これは姉さん達にも関係することだから、伝えておく」とジョセフは硬い表情のまま前置きした。

「実は……オリアン卿がいなくなった」

「え？」

シャルロットは驚いて目を見開く。

「投獄されて獄中にいたはずのオリアン卿が、忽然と消えたんだ」

オリアン卿とは、以前エディロンを暗殺してダナース国の国土を奪い取ろうとしたシャルロットの義理の母――オハンナ妃の情夫だ。魔法庁の元長官で、魔法使いが多いエリス国でも有数の魔術の使い手でもある。

「消えたとは、どういうことだ？」

　エディロンが険しい表情で問い返す。

「オリアン卿はエディロン陛下を殺害しようとした重罪人ですので、王宮の外れにある特別な牢獄に入れていたんです。それが、昨晩の見回りの際は確かにいたらしいのですが、今朝の巡回の際には忽然と姿を消していたと」

「なるほど……」

　エディロンは腕を組む。

　夜間は闇に紛れて気付かれずに行動がしやすい。脱獄ではありがちな時間帯だ。

「警備はどうなっていたんだ？」

「もちろん、しっかりとしていました。牢獄には鍵がかかっていましたし、塔は地上五階、地下一階建てです。オリアン卿はその最上階にいました。塔の出入り口を守るために二名、中にも巡回要員が二名、常時配備されています。窓は閉じられていますし、そもそも人が通れない大きさです」

「ということは、別々の場所にいる最低でも四名の監視の目をくぐり抜けなければ外には出られないと？」

「そうです」

ジョセフは青ざめながらも、しっかりと頷く。

「それは妙だな」

エディロンは顎に手を当てる。

「看守の同情を誘ったり、買収したりして脱獄の手助けをさせることはよくある手段だ。しかしそれはあくまでも看守がひとりの場合であり、今回のような複数人が別々の場所で監視している場合には通用しがたい。さすがに四人全員が共謀したとは考えにくいし、途中で別階の看守がおかしいと気付く可能性も高い」

エディロンの言うとおりだと、シャルロットも思った。

「俺も、その現場を見ても？」

エディロンの問いかけにジョセフは一瞬迷うように視線を彷徨(さまよ)わせたが、すぐに意を決したようにまっすぐにエディロンを見る。

「本来であれば他国の国王に見せるような場所ではないのですが、エディロン陛下にも関係することなので今回はお見せしましょう」

ジョセフはエディロンとシャルロットに目配せすると、歩き出す。ついてこいと言っているのだ。

シャルロット達は、ジョセフとリカルドのあとに続いた。

案内された牢獄の塔は、王宮の中でも外れの場所にあった。シャルロットが幼少期を過ごした離宮とは宮殿を挟んで反対側に位置しており、何年もエリス国の王宮で過ごしてきたシャルロットも初めて来る場所だ。

蔦が絡んだ石造りの建物は随分と年季が入っている。うっそうと茂る周囲の木々のせいか、どこか薄気味悪く見えた。捜索のためか周囲には多数の騎士がいたが、皆ジョセフに気付くと頭を下げて道を空ける。

「開けろ」

ジョセフが命じると、塔の前にいた騎士は慌てたように両開きの扉の半分を開ける。

塔には、各階につき数部屋の牢獄があるようだった。ただ、オリアン卿以外に人はいなかったようで、がらんとしている。

「気をつけて」

先を歩くエディロンが、シャルロットに手を差し出す。ここからは急な階段だ。

「ありがとうございます」

シャルロットはエディロンの手を取る。

仄暗い階段を四階分上がった先に、目的の場所はあった。

「確かに、ここから逃げるのは困難だな」

エディロンは部屋の中を見回す。

一辺が三メートルほどの独房は、片隅にベッド、反対側の片隅にはテーブルと椅子が置かれたシンプルな造りだった。床や壁は石造りになっており、壁のひとつに明かり取りの小窓がある。

「昨晩、変わったことはなかったのか？」

ジョセフは昨晩の当番だった看守に問いかける。看守は思いがけない状況に、青い顔をしている。

「本当に何も……」

看守は首をふるふると左右に振る。

「どんな些細なことでもいいんだ。いらない情報かどうかは、我々が判断する」

エディロンも看守に問いかける。

「どんな些細なことでも？」

「ああ」

看守は目を瞬かせると、じっと考えるように目を閉じる。

「深夜にオリアン卿が暑さを訴えたので、小窓を開けました」

看守はおずおずとそう告げる。

「小窓……」

エディロンは部屋の奥を見る。エディロンの身長より少しだけ高い位置に小窓があるが、人が通れるような大きさではない。エディロンの記憶では、オリアン卿は痩身ではあるものの背が高く、小柄とは言いがたい体型だった。あそこを通り抜けるのはまず無理だろう。

それに、そもそもあそこを抜けられたとしても窓を抜けた途端に地面に真っ逆さまだ。それこそ、鳥でもない限り。

そのとき、エディロンはハッとした。

「鳥……」

「はい？」

看守はジョセフの呟きが聞き取れなかったようで、怪訝な顔をして聞き返す。

「ジョセフ殿。オリアン卿の使い魔はなんだ？　もしかして、鳥かそれに類するものでは――」

もしもオリアン卿の使い魔が鳥ならば、窓を開けた際に看守の目を盗んで外とやりとりすることも可能だったのではないだろうか。それこそ、ちょっとした魔道具を持ち込むことも。

「そうかっ！」

ジョセフもエディロンの想像に気付いたようで、ハッとした様子を見せる。

そのとき、今度は階下から慌ただしい足音が聞こえてきた。

「一体何事だ？」

ジョセフは息を切らせて階段を駆け上がってきた近衛騎士を見つめ、眉を寄せる。

「スワーフの離宮から至急の連絡です」

「スワーフの離宮？」

スワーフという単語を聞いて、シャルロットは即座に嫌な予感がした。

スワーフはエリス国の外れにある地名だ。標高が高いため年間を通して涼しく、特に夏は過ごしやすい。レスカンテ王国時代に避暑のための離宮が建てられ、夏の間は国王一家がそこで過ごしていた。

シャルロットが嫌な予感がしたのは理由がある。

そこには確か――。

「オハンナ妃が、姿を消されました」

近衛騎士が続けた言葉に、シャルロットはサーッと血の気が引くのを感じた。悪い予想が当たってしまったことを悟る。

（オリアン卿だけでなく、お義母様まで？）

エディロンの命を狙った忌まわしい事件の首謀者がふたりともいなくなるなんて。

自分の与り知らないところで何か悪いことが起こっている。

そう思わずにはいられなかった。

知らせを聞いたジョセフは、すぐにスワーフに向かうことを決めた。

シャルロットとエディロンもそれに同行する。

エリス国の王都からスワーフの離宮までは、馬車だと二日かかる。しかし、神竜であるガルとリロの背中に乗ればものの数分で到着した。

カチャッと小さな音を立てて、ティーカップが置かれる。

なみなみと紅茶が注がれたそれからは白い湯気と共に芳潤な香りが立ち上がっているが、誰ひとりとして口をつけようとする者はいなかった。

「それで、一体何がどうなっている？」

少し苛立ちを含んだ口調で、ジョセフが目の前に立つ男に問いかける。金縁の丸眼鏡をかけた中年の男性は、ここスワーフの離宮の管理人を任されている者だ。

「それが、今朝の朝食の際はいつもと変わらぬご様子だったのですが、その後侍女が様子を見に行くと姿が見えず――」

「離宮内はくまなく捜したのか？」

「もちろんでございます。それに、オハンナ様の部屋の前には警護の衛兵がふたり立っておりましたが、どちらも『オハンナ様は部屋から出ていない』と証言しております。それに、リゼット様も行き先に全く心当たりがないと。本当に忽然と、姿を消してしまわれた――」

離宮の管理人は青い顔で身振り手振りを交えて説明する。その指先は小刻みに震えており、ずれてもいない眼鏡をしきりにかけ直そうとする様は彼の混乱ぶりを窺わせた。

本日の午前中、部屋にいるはずのオハンナ妃と第二王子のフリードが忽然と消えた。それだけでも大騒ぎになる大事件だが、今度はエリス国王であるジョセフと隣国のダナース国王、それに嫁いだはずのシャルロットまで直接状況を確認しにやって来たので、混乱の極みなのだろう。

ジョセフは「話はわかった。一旦下がっていろ」と管理人の男を退出させる。

（忽然と消えた……）

オハンナ妃の部屋は四階に位置しており、窓から脱出することはできない。それに、隣国のシセル国出身であるオハンナ妃は魔法を使うこともできなかった。

つまり、誰かしらの手助けがなければ忽然と消えることなど不可能だ。

そして、その手助けをしたのはおそらく——。

(きっと、脱獄したオリアン卿がお義母様達の逃亡を手助けしたのだわ)

シャルロットは膝の上の手をぎゅっと握りしめる。

「すぐに全ての国境の関門に、通達を出すべきだ」

エディロンが固い声でジョセフに進言する。

もしもオハンナ妃をここから連れ出したのが脱獄したオリアン卿だったとするならば、行き先はきっと国外だ。エリス国内では顔が割れているし、万が一見つかって連れ戻された際にもっと厳重な場所に閉じ込められる可能性があるからだ。

「リカルド」

ジョセフが斜め後ろを振り返る。

「はい。すぐに手配します」

青い顔をしたリカルドは頷くと、すぐに部屋を出た。

ジョセフが人払いをすると、貴賓室にはジョセフとシャルロット、それにエディロンの三人だけになる。

「リゼット王女は王宮に呼び戻して目が行き届く場所に置いたほうがいいかもしれないな」

「僕もそう思っていました。それも、このあとすぐに手配します」

ジョセフは頷く。

「オリアン卿は、なんでこんなことをしたのかしら？」

シャルロットは青ざめたまま、小さな声で独りごちた。

「十中八九、僕を殺すためだろうね」

ジョセフはなんでもないことのように、そう言った。

「僕がエリス国王に即位する際の表向きの理由は『神竜による加護を得たから』だ。表立って彼らの罪を明らかにしたり、ましてや糾弾したりはしていない」

「そんな……っ」

シャルロットは絶句する。

「俺もその想像には同意する。彼らの望みは、オハンナ妃の実子であるフリード王子が王位に就くことだろう。そのためには、ジョセフ陛下は邪魔でしかない」

エディロンも腕を組んだまま、頷いた。

（なんてこと……）

シャルロットはあまりのことに、口元を両手で覆う。

オハンナ妃とオリアン卿は、ダナース国の国土ほしさにエディロンの暗殺を企てるほど欲深い。ジョセフとエディロンの指摘するとおり、ふたりの望みはフリードを次期国王にすることで間違いないだろう。

オハンナ妃の子供であるリゼットとフリードはエリス国王の子供ではなくオリアン卿の子供であると神竜のガルが証言している。しかし、これらのことは様々な政治的な事情を考慮して、一部の関係者を除き公にはされていない。

つまり、邪魔なジョセフを殺して事実を知る一部の関係者を排除すれば、フリードが国王になることも可能なのだ。

フリードはまだ十二歳だ。年齢的に、とても国政など担えない。フリードを国王の座に置き、実質的には自分達が権力を握ろうとしているのは明らかだ。

「で、でも絶対に大丈夫よ！」

一気に重苦しくなった空気を打開したくて、シャルロットは努めて明るい声を上げる。

「だって、わたくし達には幸運になれる魔法がかかっているもの。ね、そうでしょう、ジョセフ？」

シャルロットは今の人生が六度目だ。過去五回、ループを断ち切ることができず非業の死を繰り返してきた。

シャルロットはずっとループの理由がわからなかったが、母に幸せになれる髪飾りだと言われて渡された宝物が今世では初めて花開いたことでこれが母の魔法だと悟った。ということは、母がかけたループの魔法は完成していて、シャルロット達は今度こそ幸せになれるはずだ。

「ジョセフ、だから心配しなくて大丈夫よ。それより、顔色が悪いわ。少し休んだほうがいいんじゃない？」

シャルロットは椅子に座ったまま言葉を発しないジョセフの顔を覗き込み、肩に手を置く。

昨日も感じたが、ジョセフの顔色が悪い。

それに、温厚なジョセフがこんな風に苛立ちや焦りを露わにすることは珍しかった。きっと疲れが溜まっているに違いないと思ったのだ。

「……母上の魔法は、まだ完成していない」

「え？」

ぼそりと呟くジョセフの言葉がよく聞き取れず、シャルロットは聞き返す。

「母上にかけられた僕のほうの魔法は、多分完成していない。花が咲かないんだ」

「……嘘」

シャルロットは大きく目を見開いた。

「完成していないって、どういうこと？　きちんと説明して、ジョセフ！」

シャルロットは思わず両手でジョセフの両肩を掴み、強く揺さぶる。「シャルロット」とエディロンに窘められて、ソファーに戻される。

一方のジョセフはソファーに座ったまま、額に手を当てて項垂れる。しばらく沈黙したのち、ぽつりぽつりと口を開いた。

「母上は生前、僕達にそれぞれ、幸せになれるアイテムをくれた。姉さんは髪飾り、僕はこの剣の柄だ」

ジョセフは自分が今佩いている剣の柄に触れる。

離宮で姉弟ふたりで暮らしている頃、ジョセフがその剣を手入れしている姿をシャルロットはよく見た。持ち手は革張りで、鍔と柄頭が金細工になっているものだ。

「僕がループの秘密に気付いたのは四回目の人生だった。そのときは……不幸が起きて父上とフリードが乗った馬車が事故に遭い、ふたりが亡くなったんだ。その影響で、僕が国王になることになったと連絡が来た」

「そのときには、花が開いたのだな？」

エディロンの問いかけに、ジョセフは「ええ、そうです。柄が光り輝き、大輪の花が咲きました」と頷く。

「それで、もしかしたらこのループは母上の魔法のせいなんじゃないかと気付いた。それと同時に、そのときに既に亡くなっていた姉さんは次のループに進めなくなっているんじゃないかということも——」

「なるほど……。一度花が開くと、その後のループでは効力を発しないということは？」

もしそうであれば、今ジョセフの持っている『幸せになれる柄』の花が咲いていなくてもなんら問題ないことになる。しかし、その希望を打ち砕いたのはジョセフの神竜であるリロだった。

「それはないよ。魔法の効力が切れているなら、そもそもループしないもん」

羽根つきトカゲサイズになったリロは、ぴょんとジョセフの膝の上に乗るとあっけらかんとした様子でエディロンの推測を否定した。

「僕が見る限り、ジョセフのお母さんがかけた魔法はきみ達が思っている以上に複雑だよ」

リロが続けた言葉を聞き、シャルロットは髪につけた髪飾りに触れる。

確かに、魔法が使えるようになった今でも母がくれたこの髪飾りの魔法はどのような仕組みなのか、皆目見当もつかない。

「なるほど……。となると、ジョセフ殿のほうは魔法を完成させる条件が整っていないと考えるのが自然だな。その四回目の人生と今回の人生で、違っているところはないか？」

「一番大きな違いは、父上とフリードが亡くなっていたことです」

ジョセフはすぐに答える。

「前エリス国王と、フリード王子か。確かにそのふたりが亡くなれば、王座を脅かされることはなくなるな」

「それは、魔法の条件ではないと思うわ」

シャルロットは思わず口を出す。

シャルロットの知る母——ルーリスはいつも穏やかに微笑む、優しい人だった。そんな、人が死ぬことで魔法の条件が整うなど恐ろしいことは絶対にしないはずだと思った。

シャルロットがそれを言うと、ジョセフも「僕もそう思う」と肩を落とした。

「埒が明かないな」

エディロンが呟く。

「今、目の前には三つの別々の問題が発生している。ひとつ目は、オリアン卿が脱獄して行方不明になったこと。ふたつ目は、オハンナ妃が離宮から忽然と姿を消したこと。三つ目は、ジョセフ殿の魔法の柄の花が咲いていない、つまり、幸せになれる魔法が完成していない可能性があることだ」

エディロンは顔の前に手を出し、三本の指を立てる。

「この三つはそれぞれ独立した問題だが、ほぼ間違いなく、なんらかの関係がある。これは提案だが、ジョセフ殿には引き続き部下達を指示してオリアン卿とオハンナ妃達の行方を追っていただき、我々が魔法の秘密について探るのはどうだろうか？」

「エディロン陛下と姉さんが？」

ジョセフは驚いたように、エディロンを見返す。

「ああ。俺とシャルロットの今回の外遊は各国との関係強化が目的だが、新婚旅行も兼ねているから日程にはゆとりがある。ジョセフ殿が動くより、自由が利く」

「しかし、いいのですか？」

ジョセフの困惑したような表情からは、新婚旅行をしているはずなのにこんなトラブルに巻き込むのは気が引けるという気持ちがありありと伝わってきた。

「気にすることはない。ジョセフ殿はシャルロットにとって大切な存在だ。そして、シャルロットにとって大切な存在は、俺にとっても大切な存在だ。そうだろう？」

エディロンはシャルロットを見る。シャルロットは「はい」という返事の気持ちを込めて、しっかりと頷いた。

「……っ、ありがとうございます。このご恩は決して忘れません」

「恩があるのは俺のほうだ。殺されそうになり怒りに任せて前エリス国王の元に乗り込んだ際、助けてくれただろう？」

「そうでした」

ジョセフはフッと表情を和らげる。

「それでは、お願いします」

「ああ。だが、その仕事を引き受ける前に情報がほしい。御母堂の魔法の件で、何か手がかりを知らないか？」

「手がかり……」

ジョセフは宙を見つめる。とはいっても、何かを実際に見ているわけではなく、考えているだけのように見えた。

「ずっと昔に母から故郷での話を聞いたことがあるのですが、母に魔法を教えてくれた師匠がいたと。母の故郷はエリス国の南の外れにある小さな村で、名前は確か……レートル村だ」

「レートル村……」

エディロンはその地名を数回、口の中で復唱する。エリス国の地理についても一通り学んでいるが、小さな村の名前は残念ながら聞いたことがなかった。

「ガル、わたくしとエディロン様をそこに連れていくことはできる？」

シャルロットがソファーの肘かけにちょこんと乗っかる神竜のガルに問いかける。

「無論、可能だ」

ガルは鷹揚（おうよう）な態度で頷く。

「よし。できるだけ急いだほうがいい。行こう」

「はい」

エディロンに促されて、シャルロットも立ち上がった。

◆五、母の故郷

エリス国の王宮の敷地には多くの草木が植えられ、とても自然豊かだ。しかし、それはあくまでも人工的に造られた美しき自然なのであり、本来のものとは違うのだと思い知らされる。

「すごい森ね」

シャルロットは眼下にどこまでも広がる森を見下ろす。生い茂る木々の広大さに、ただただ息をのむばかりだ。

「シャルロット。危ないからあまり身を乗り出すなよ」

一緒にガルの背中に乗り飛行するエディロンが、背後からシャルロットの体を支えるように腰に手を回す。

「リカルドから受け取った地図によれば、レートル村にもうそろそろ到着するはずだ」

「あと数分だな。お前達を乗せているせいで、あまり速く飛べない」

エディロンの言葉にガルが補足する。

「そうね。落とさないように飛んでくれてありがとう、ガル」

「お前は呆れるほど鈍くさいからな」

ガルがふんっと鼻を鳴らす。

その言葉を聞き、シャルロットとエディロンは顔を見合わせてくすっと笑う。

本当は面倒見がいいくせに。

素直に気遣う態度を取れないこのひねくれ者の神竜が、シャルロットは大好きだ。


ガルの言ったとおり、目的のレートル村にはものの数分で到着した。

ガルは着陸できそうな草原に目星をつけるために上空を旋回する。驚いた地上の人々がこちらを指さしながら見上げる姿が、ぽつぽつと見えた。

ガルは村の中心部から少しだけ離れた草原に降り立つ。

「ここがレートル村……」

シャルロットはガルの背中から降りると、周囲を見回す。

上空から見たときはただの野原に見えた草原は、降りてみると一メートル近い草が生い茂っていた。その草原の先にはうっそうとした森が広がっており、反対側を見ると村へと繋がるとおぼしき土を踏みしめただけの小道が見える。

ガルがパッと姿を消し、代わりに手のひらサイズの羽根つきトカゲがシャルロットの肩に乗る。神竜の姿のままでは目立ちすぎるとガルも思ったのだろう。

「村の中心に行ってみよう」

「ええ」

シャルロットはエディロンの差し出した手に自分の手を重ねると、村の中心部に向かって歩き始めた。

すぐにぽつんぽつんと建物が見え始める。

「豊かとは言い難いが、困窮している様子もない。自給自足の村なのだな」

エディロンは村の様子を眺めながら、小さな声でそう漏らす。

シャルロットも町の様子を眺めた。

質素な家屋は決して贅沢とは言い難い。しかし、どの建物もしっかりとした造りをしているように見える。それに、すれ違う人々は皆健康的な体つきと顔色をしていた。

村人は皆知り合いなのだろう。見慣れないシャルロットとエディロンを目にした人々は少し離れた場所からこちらを眺めている。

「こんにちは」

シャルロットはちょうど進行方向にある家屋の物陰からこちらを覗いている赤毛の少年を見つけ、声をかける。

「村長さんのおうちはどこにあるか教えてもらえるかしら？　わたくし達、とても遠くから村長さんに会いに来たの」

「村長？　あっち」

赤毛の少年は、おずおずとシャルロット達の進行方向を指さす。

「大きな井戸の前にあるおうちだよ」

少年の指さす方向に目を向けると、確かに井戸があるのが見えた。

「どうもありがとう。助かったわ」

お礼を言うと、少年ははにかんだような笑みを浮かべる。

その様子からは、シャルロット達に物珍しさからの警戒感は感じているものの、敵意はないことが窺えた。

「シャルロット。目的の屋敷に行こう」

「ええ、そうね」

シャルロットは頷く。

古びた家々の立ち並ぶ景色も舗装されていない道も、母の故郷なのだと思うと不思議と愛おしく感じた。

「ごきげんよう」

少年に教えられた家の前に到着したシャルロットは、家の奥へと声をかける。何度か呼びかけてようやく奥から出てきたのは、初老の男性だった。

「あなたがレートル村の村長か？」

エディロンの問いかけに、老人は「そうだが」と答える。ビー玉のような灰色の瞳でシャルロットとエディロンを見つめ、目を眇めた。

「貴族様がこんな辺鄙な地に、一体なんの用かな」

先ほどの少年とは打って変わり、この村長からは警戒の気持ちしか感じられなかった。

ここに来るに当たっては手持ちの中で最も庶民的な服装を選んできたのだが、それでも新品で上質な衣服を着ているシャルロット達は一目で高貴な身分だとわかるだろう。

普段貴族など訪れることがないこの地域に突然シャルロット達が訪問してきたのだから、警戒するもの当然だ。

「俺達はエリス国王のジョセフ陛下からの依頼でここに来ている。この村に昔、ルーリスという女性が住んでいたと思うのだが、彼女について知らないか？」

「ルーリス？　もちろん知っている」

村長は頷くと、「そうか、国王は交代したのだったな」と呟いた。

ジョセフが即位して既に半年が経つが、このような辺鄙な地域ではなかなかその実感が湧かないのだろう。

「ルーリスのことなら、国王陛下に近い立場にあるあんた達のほうが詳しいだろう」

「俺達の知らないことを聞きたいと思ってここに来たんだ」

言外に「話すことはないから帰れ」という意図を感じ取り、エディロンはすかさず言葉を重ねる。

「知らないこと？」

「母の魔法についてのことです」

怪訝な顔をした村長のほうへ、シャルロットは一歩進み出た。

村長の視線が、シャルロットへと移動する。まっすぐにこちらを見つめる瞳はしばらく動くことなく、やがて小さく目を見張る。

「あんた、もしかして……」

「はい。ルーリスはわたくしの母です」

シャルロットは自分自身の胸に手を当て、しっかりと頷いた。

薄ピンク色がかった金髪も、青い瞳も、整っていると褒められることの多い目鼻立ちも、シャルロットの見た目は母であるルーリス譲りだ。村長もシャルロットを見て、ルーリスと似ていると感じたのだろう。

「母親なら、本人に聞けばいいだろうに」

村長はふいっと顔を背ける。

「それが実は……九年ほど前に病で亡くなりました」

シャルロットの言葉に、村長がヒュッと息を呑む。

「嘘ではありません。わたくし達は母の魔法の――」

「……ルーリスが？　嘘だ」

「嘘だ！　帰ってくれ！」

村長は激高して顔を赤くすると、シャルロットとエディロンを追い払うかのように両手を振る。

「わたくしの話を聞いて――」

「帰れって言っているだろう！」

怒鳴りつけられ、エディロンが庇うようにシャルロットを引き寄せる。

「シャルロット、ここは一旦引こう。興奮した相手に食い下がっても火に油を注ぐだけだ」

小さな声で囁かれ、シャルロットは「……はい」と眉尻を下げる。

結局、有用な情報は何ひとつ得ることができなかった。

「どうしましょうか」

村長の家を追い出されたシャルロットは途方に暮れた。まさか、突然あんなに怒り出すなんて思ってもみなかったのだ。

「ああなってしまっては、どうしようもない。落ち着いた頃に出直すしかないだろう」

エディロンは息を吐く。

そのとき、「あ、お姉ちゃん、お兄ちゃん！」と明るい声がした。声のほうに目を向けると、先ほど村長の家を教えてくれた少年がこちらに向かって大きく手を振っていた。

「村長には会えた？」

少年は息を切らせてこちらに駆け寄ってくると、キラキラとした眼差しでエディロンとシャルロットを見つめる。

「それが……」

シャルロットは肩を落とす。

「怒らせてしまったみたい」

「怒らせた？　村長を？」

　少年は大きく目を見開き、不思議そうに首を傾げる。

「どうしてだろう？　村長は滅多に怒らない人なのに」

「滅多に怒らない？」

　数分程度しか接触できていないが、先ほどの印象からすると随分と気難しい人のように感じた。普段は違うのだろうか。

「何について話したの？」

「昔ここに住んでいた女性について、話を聞きたいと」

「昔ここに住んでいた……。天使様のことかな？」

「天使様？」

「うん。本当の名前は知らないけど、村長様が育てていた女の人。すごい魔法使いで村の人をたくさん助けてくれて、すごく可愛くって、みんな『神様が天使様を遣わしてくれていたんだ』って言っていたって。国王陛下のお嫁さんになったんだよ」

　シャルロットとエディロンは顔を見合わせる。

　少年の話す『天使様』は間違いなく、シャルロットの母――ルーリスのことだ。

（育ての親なのね）

それで先ほど、村長はあんなに取り乱したのかもしれない。

「そのことについて、もう少し詳しく聞いても?」

「もちろんだよ」

エディロンが問いかけると、少年は気をよくしたようだ。少し誇らしげに、言葉を続ける。

「天使様は、ある日村にやって来たんだよ。お腹に赤ちゃんがいる若い女の人が迷い込んできたんだ。だけど、出産で女の人は亡くなって赤ん坊だけが残されて、子供のいない村長が親代わりに育てたんだ」

「なるほど」

エリス国で魔力が強い人間が優遇されるのは周辺国にまでよく知られた事実であり、貴族などの特権階級に魔力が強い人間が集中している。少年の話を聞いたエディロンはすぐに、高位貴族の婚外子を身ごもった使用人などが、子供を認知されずに途方に暮れて迷い込んだのではないかと思った。

「その天使様と親しい人は誰だったかわかるか? ……村長以外で」

エディロンが少年に尋ねる。

「村長以外で?」

少年は視線をくるくると変え、しばし考える。

「うーん、先生かな」

「先生？　学校の先生か？」

「ううん。魔法の先生」

魔法の先生と聞き、先ほどジョセフも『母に魔法を教えてくれた師匠がいた』と言っていたことを思い出す。

少年は右手を上げてまっすぐに一方向を指さした。

「この道をずっとまっすぐに進むと、道が左右に分かれるから右に行くんだ。そうすると、下り坂になって森へと繋がっているから、そこをまっすぐに進むと先生がいるよ」

「わかった。行ってみるよ」

エディロンが軽く手を振って少年に礼を言う。シャルロットもお礼を言うと、少年は嬉しそうにはにかんだ。

歩き始めてすぐに、少年が言うとおり道が左右に分かれた。右に進むと緩やかな下り坂になり、森へと繋がる。

「ここを進むのかしら？」

シャルロットは不安になって呟く。

森は鬱蒼としていた。数メートルも進めば木々で日差しが遮られ、辺りは薄暗くなるだろう。

「シャルロット。大丈夫か」

「大丈夫です」

気丈に頷いてみたものの、本当はちょっと怖い。シャルロットは右手でしっかりとエディロンの服の袖を握りしめる。

すると、エディロンにはお見通しだったようで、彼はその手を服からそっと外すと、代わりに自分の手でしっかりと握ってくれた。

どれくらい歩いただろう。

シャルロットは周囲を見回す。三百六十度広がるのは、鬱蒼とした森。どちらを見ても同じ景色だ。

周囲にはけたたましい虫の声と、それに交じって時折甲高い鳥の鳴き声が聞こえる。

「まだ進むのかしら？」

シャルロットの呟きに、エディロンも立ち止まると周囲を見回した。

（引き返したほうがよいのではありませんか？）

そう言おうとしたそのとき、背後からかさりと地面の落ち葉を踏む気配を感じた。

「おや。随分と珍しい客人が来たものだ」

しわがれた声がして、ぱっと後ろを振り返る。そこには、ひとりの老人がいた。

先ほどの村長と同じぐらいの年齢に見えたが、まっすぐに伸びた背筋としっかりとした口調のせいでさほど年齢を感じさせない。

古びた緑色の服は何年も着ているのか、裾がすり切れていた。

「我々は、人捜しをしている。あなたが、村人が『先生』と呼ぶ人物か？」

エディロンは問いかける。

「村人からは、そう呼ばれることが多いな」

老人は頷く。期待通りの答えが返ってきて、シャルロットは興奮した。

「村の少年からあなたのことを聞いて、ここに来ました。とある人について、聞きたいことがあるのです」

シャルロットが一歩進み出ると、老人はじっとこちらを見つめ「それは、ルーリスのことか？」と尋ねてきた。言おうとしたことを先に言い当てられ、驚いたシャルロットはその老人をまじまじと見つめる。

「どうしてそれを？」

「あなた達は貴族だろう？ この村に貴族が来て、しかも俺に用があるなんてあの子のこと以外考えられない」

確かに老人の言うとおりだ。

「なら話は早いな。実は、そのルーリスの魔法のことについて調べている。失礼だが、あなたの名前は？」

エディロンが尋ねる。

「カルロ＝バッチだ。俺は平民には珍しく魔法が上手かったから、この村で魔法の使い方を子供に教えている」

「なるほど。だから『先生』か」

エディロンは頷く。

「俺はエディロン＝デュカス。隣国のダナース国からやって来た。そしてこちらが、妻のシャルロットだ」

エディロンは隣にいるシャルロットの腰に手を添える。

「シャルロット＝デュカスと申します。ルーリスの娘です」

シャルロットは丁寧なお辞儀をする。カルロはそんなシャルロットの様子をじっと見つめてきた。

「ルーリスの娘か。どうりで似ているはずだ」

ぼそりと呟く声が聞こえた。

「ルーリスの娘が、私になんの用かな?」

まっすぐに見つめられて、シャルロットは髪につけていた髪飾りを外して自分の手にのせた。

「これは母から託された、形見の髪飾りです。幸せになれる髪飾りだと、母はわたくしに言いました。この髪飾りにかかった魔法について調べているのですが、何かご存じありませんか?」

カルロはシャルロットの手のひらにのせられた髪飾りを見つめる。

「触ってもいいか?」

「もちろんです」

シャルロットが頷くと、カルロはおもむろにその髪飾りを手に取った。そして、観察するようにじっくりと見つめる。

「確かに、ルーリスの魔力を感じる。随分と弱いが」

カルロはそれだけ言うと、シャルロットに髪飾りを返した。

「なぜ、この魔法について調べている?」

「それは――」

シャルロットは言葉に詰まる。正直に話していいものかと迷ったのだ。

しかし、教えてもらう立場なのだからこちらもある程度情報開示しないと話が進まないと思い、意を決する。

「この魔法がかけられた品物はふたつあって、ひとつはわたくしが、もうひとつは弟が所有しています。その弟の持っている品にかけられた魔法が上手く発動しないので、原因を探りに来ました」

シャルロットはループについては詳しく話すのを避け、要点だけをかいつまんで話す。すると、カルロは「なるほどな」と頷いた。

「……随分と昔、あの子から魔法について相談を受けた」

「魔法について相談？」

「ああ。自分は病気で、おそらくそう長くは生きられないと。子供達のことが心残りでならないから、幸せになれるような魔法を残したいと」

「……そんなことが」

シャルロットは息を呑む。

その魔法は、間違いなくシャルロットが託された髪飾りとジョセフが託された剣の柄にかけられた魔法に違いない。

「その魔法について、詳しく知らないか？」

エディロンが尋ねると、カルロは「いや」と首を横に振った。

「あの子は天才だったんだ。一度教えればすぐに覚え、私のことなど、ものの一年で超えてしまった。まさに、天賦の才だ」

「それじゃあ、何も……」

シャルロットはそれを聞き、呆然とした。

わざわざここまで来たのに、なんの収穫も得られないなんて。

しかし、カルロの次の言葉を聞きハッとした。

「実は……あの子からノートを預かっているんだ」

「ノート？」

「ノートだと？」

新情報に、エディロンも身を乗り出す。

「ああ」

「それはどこに？」

シャルロットが尋ねると、カルロは空中に向かって指を振る。何もなかった空間に球状の物体が現れ、カルロが触れるとパチンと割れた。

（すごい。魔法の保管庫？）

シャルロットも初めて見る魔法だ。

さすがは母の師匠なだけある。魔法庁に勤める魔法使いと遜色ないかもしれないとすら思った。

「これだよ」

何事もなかったかのようにカルロが差し出したのは、随分と古ぼけた羊皮紙製のノートだった。中央には大きな銀色の金具が付いている。

「送られてきたのは……十年近く前だったかな。しかるべきときが来るまで私に預かっていてほしいと。ただ、ノート自体に魔法の鍵がかかっていて中身は確認していない」

（十年近く前……）

ルーリスが亡くなったのは、今から九年前だ。この話が正しいのならば、このノートは亡くなる直前に送ったことになる。

シャルロットはまじまじとそのノートを見つめる。唐草模様の彫刻が施された金具が鍵になっているのだろうとは予想がついたが、肝心の鍵穴はない。となると、これは魔法の鍵だ。

「確かに鍵がかかっているな」

ノートを受け取ったエディロンがその金具を外そうと試みる。しかし、全く開く気配はなさそうに見えた。

「開けようと試したことはないのですか？」

「何度も試したよ。だが、普通の解錠魔法では開かなかった。私以外も何人かが試したが、だめだった。何かの条件を満たさないと開かない仕掛けになっているのだろう」

「小さな金具だから壊してしまえばいいのでは？」

エディロンは袖口に仕込んである小刀を取り出し、ノートの金具に当てようとする。

「やめたほうがいいだろう。こういう魔法の鍵がかかっているノートは、無理に開けると中身が消えてしまう細工がしてあることが多い」

カルロは首を振ってエディロンを止める。中身が消えると聞き、エディロンは渋い顔をして小刀を袖に戻した。

「しかし、〝しかるべきとき〟とは一体いつなんだ？」

エディロンが腕を組む。

（お母様、なんでそんなことをしたのかしら？）

シャルロットも途方に暮れる。

母がどんな条件を課したのか、皆目見当もつかない。

一方のエディロンは、何かに気付いたのか、ハッとした顔をした。

「……シャルロット。試しにあなたが解錠してみてくれないか？」

「え？」

「あなたの母上は『しかるべきときが来るまで預かっていてほしい』とこれをカルロ殿に預けている。ということは、しかるべきときが来れば開くということだ」

「ええ、そうですね」

シャルロットは困惑しながらも頷く。けれど、それとシャルロットが解錠を試すことになんの関係があるのかわからない。

今さっきカルロが解錠を試して開かなかったのだから、まだその〝しかるべきとき〟が来ていないと判断するのが自然だ。

「俺の予想では──」

エディロンは前置きする。

「この〝しかるべきとき〟は明確に〝何月何日〟というときを示しているわけではなく、ルーリス本人がこのノートを手にしたとき、もしくは彼女がこのノートを開けてもいいと認めた人間が手にしたときのことじゃないかと思うんだ」

シャルロットもハッとする。

「もしかして……わたくしかジョセフが？」

「可能性はあると思っている。試してみてくれないか？」

「はい」

胸の高鳴りを必死に抑え、シャルロットは深呼吸をする。

ルーリスにかけられていた魔力制限の魔法が解けてから、色々な魔法を使えるようになった。しかし、長年魔法を使えない出来損ないとして過ごしてきたため魔法への苦手意識は未だに消えない。

（上手くできるかしら？）

手に意識を集中させ、体内の魔力を集める。そして指先でノートの金具に触れた。

カチャッという音がする。

「鍵が外れた？」

シャルロットは金具に触れていた手を離し、ノートを見つめる。

「やったぞ、シャルロット！」

エディロンは興奮を隠せない様子で、シャルロットを褒め称える。

シャルロットは震えそうになる手で、そのノートの表紙を捲る。

最初のページに書かれていたのは、風を起こすだけの簡単な魔法の説明だった。文字がたどたどしく、これを書いたのは子供だろうとすぐに予想がつく。説明の隣に日付と花まるのマークが入っていた。

「この花まるをつけたのは私だ。これは、ルーリスに最初に教えた魔法だ。魔法に成功したら、丸をつけたんだ」

シャルロットの向かいからノートを覗き込んでいたカルロは意外な中身に驚いた様子だが、懐かしさに目を細めた。

次のページを捲ると、今度は遠くのものを風で倒す魔法が載っている。同じく子供の文字で書かれており、隣には花まるがつけられていた。

「つまりこれは、授業のノートか？」

シャルロットの横からノートを覗き込んでいたエディロンが呟く。

「そうですね」

シャルロットにもこれはただの魔法の授業のノートに見えた。

（お母様、なんでこんなものを隠していたのかしら？）

疑問に思いながらもシャルロットはページを捲る。後ろに行くにつれて年齢が進むせいか、文字は整っていく。それに伴い、書かれている魔法も複雑なものへと変わっている。

「この辺からは、ルーリスの独学だろう。既に彼女は私を超えていた」

その場にある材料から一瞬で新しいものを作り出す魔法の説明がなされたページで、カルロはそう呟いた。事実、書いては消したあとの残るノートはルーリスの試行錯誤を窺わせた。

シャルロットはさらにページを捲る。

そして、最後のページを見て動きを止めた。

「これ……」

そこには、美しく咲いた花のイラストが描かれていた。シャルロットが今つけている髪飾りと同じデザインだ。

シャルロットはノートを改めてしっかりと持ち、そのページを食い入るように読み始める。冒頭のタイトル部分には『条件つきのとき戻りの魔法（応用）』と書かれていた。

「何か見つけたか？」

「ええ。多分これがわたくし達の探していた魔法よ」

シャルロットはそのイラストが描かれたページを指さす。

「色々と条件が書かれているわ。えーっと……」

シャルロットは人差し指で文字を追ってゆく。

「とき戻りの魔法が完成する条件はふたつ。ひとつ目は、人生に重大な影響を及ぼす転機となるイベントが発生していること。ふたつ目は、そのイベントに起因する結果が本人の強く願っている未来と一致していること――」

過去五回の人生においてシャルロットは結婚したその日に死んでいる。ここで言う『人生に重大な影響を及ぼす転機となるイベント』とはシャルロットの場合は結婚なのだろう。

続く『本人の強く願っている未来』は愛する夫との幸せな結婚生活と、ジョセフの幸せだ。だからこそ、エディロンと結婚し、ジョセフの即位を見届けた日に髪飾りの花が咲いた。

「とき戻りが始まる条件も書かれているわ。えーっと、心願が成就して魔法が完成する前にその未来の実現が不可能になったときにとき戻りが始まり、ふたり共にとき戻りが発生すると、次の人生が開始する。これって……」

つまり、シャルロットは幸せな未来が望めない結婚をしてしまうとき戻りが始まるということだ。

「だから、いつも結婚式当日に殺されたのね」

どうしていつも結婚するとその当日に死んでしまうのか不思議だった。偶然かと思っていたのだけれど、これが原因だったのかとようやく合点する。

「だが、一度目の結婚相手は俺だったのだろう？」

エディロンは解せない様子で腕を組む。

「あれは完全に事故だな。嫌な予感がしたから止めてやったのに、こいつはこともあろうか俺の忠告を聞かずに部屋を抜け出したんだ」

シャルロットの肩に乗り、一緒になってノートをじっと眺めていたガルが言う。

「だって、あのときのガルは喋らなかったわ。エディロン様も全然寝室にいらっしゃらないし、あんなことが起こるなんて知らなかったのだもの。仕方がないじゃない」

まるで出来の悪い子供でも見るような目でガルに一瞥され、シャルロットは頬を膨らませる。

「話を本題に戻そう。エディロンがシャルロットを慰めるようにポンポンと頭を撫でた。

「話を本題に戻そう。この条件を見ると、とき戻りが発生していないジョセフ殿はまだ『その未来の実現が不可能になったとき』には至っていないことになる。同時に、まだ『本人の強く願っている未来』は実現できていないということだ」

「ええ、そうね」

シャルロットはノートを見つめたまま、顎に手を当てる。

ジョセフは四回目の人生で、剣が輝き魔法の花が咲くのを見たと言っていた。少なくとも、その四回目の人生では『本人の強く願っている未来』を実現できていたのだ。

「四回目の人生でジョセフはエリス国の国王として即位したと言っていたけど、今回は花が咲かないところを見るとエリス国の王座はジョセフの願いとは無関係だったってことかしら？」

「いや、そうとは限らないだろう。即位した上で何かをしたかったのかもしれんぞ」

ガルが言う。

「あ、そっか。即位した上で、何かを――」

確かにそれはあり得る話だ。シャルロットも〝幸せな結婚〟と〝ジョセフの幸せ〟を願ったのだから。

「一度エリス国の王宮に戻って、ジョセフ殿にもう一度話を聞く必要があるな。何かを見落としているはずだ」

「ええ、わたくしもそう思います」

シャルロットはノートを胸に抱きしめたまま、頷く。

「カルロさん、このノートはわたくしが頂いても？」

「頂くも何も、元々私のものではなくルーリスのものだ。本来の持ち主に戻るだけだろう」

カルロは小首を傾げる。

「ありがとうございます」

シャルロットは深々と頭を下げ、お礼を言う。

「あの子は、いつかあなた達がこのノートを求めて私に会いに来ることを予想していたのかもしれないな。だからこそ、私に預けた」

「そうかもしれません」

シャルロットは頷いた。

「ずっと昔、あなたがまだ小さい頃に、ルーリスが手紙をくれたことがあった」

「母から？」

「ああ。可愛い双子が生まれて、幸せだと。宝物だと書いてあった。あの子の忘れ形見に会えてよかった」

「……そうですか」

初めて知る事実を教えられ、胸がジーンと熱くなる。

カルロが言うとおり、ルーリスは魔法の天才だった。もし彼女ひとりだったら、あの陰湿ないじめのある王宮などすぐに抜け出して自由に生きてゆくこともできただろう。

それでもルーリスが王宮に留まったのは、シャルロットとジョセフがいたからだ。

自分達がいることでルーリスが幸せだと感じてくれていたことに救いを感じると共に、母の愛を感じた。

「次は、弟も連れて会いに来ます」

「エリス国王なのだろう？　こんな田舎の森に王様が来るなんて、そりゃ一大事だ」

カルロは顔の皺をさらに深くして笑う。

シャルロットもカルロを見つめ、笑みを深めた。

陽気に笑うカルロは、言葉とは裏腹に嬉しそうに見えた。かつての弟子であるルーリスを今も大切に思ってくれていることを感じ、胸が温かくなる。

「さて……では、そろそろ戻るか。世話になった」

エディロンがお礼を言ってシャルロットの手を取る。シャルロットは「あっ！」と声を上げた。

「どうした？」

「最後に、もう一度寄りたい場所があるのですが、よろしいでしょうか？」

大空を飛ぶガルは信じられないスピードで移動しているのに、その背中に乗っていても不思議と風の抵抗はない。行きもそうだったが、きっとガルが魔法で風を遮断しているのだろう。

「狙いどおりの収穫が得られてよかったな」

「はい。……せっかくの旅行中に、わたくしの実家のいざこざに巻き込んでしまい、申し訳ありません」

眉尻を下げたシャルロットは身を捩り、背後に座るエディロンを見上げる。

「構わない。愛する妻の懸念事項を排除するのは、夫として当然のことだろう」

優しげに目を細めるエディロンにつられ、シャルロットも口元に笑みを浮かべる。エディロンのこの寛大さに、何度救われたことか。

「初めて母の生まれ故郷を訪れましたが、母に昔聞いたとおり素敵な場所でした」

「そうだな。あの村は、人が温かい」

エディロンは今日会った人々の一人ひとりを思い返すように、目を細めた。

シャルロットが幼少期を過ごしたエリス国の王宮は、人々の嫉妬と欲望が渦巻いており殺伐としていた。あんな場所にいては、母はことさら故郷が恋しかっただろうと思う。

「最後に村長にもご挨拶できてよかったです」

帰り際、シャルロットはエディロンと共にもう一度村長の屋敷に立ち寄った。今度はカルロが一緒に来てくれたおかげか、追い返されることはなかった。

『さっきは済まなかったな。あの子が死んでしまったなんて、信じたくなかったんだ。あんたの顔を見ていられなくて……。あんたはあの子にそっくりだから──』

絞り出すように謝罪する村長の目は赤く充血し、薄らと濡れていた。

シャルロットを嫌っているわけでも、嫌がらせをしようとしたわけでもないことは十分に伝わってきた。

『こちらこそ突然訪問してしまい、申し訳ありませんでした。母は時々、故郷の話をわたくし達に聞かせてくれました。いつも瞳が輝いていて、とても素敵な場所なのだろうと幼心にもわかりました。お会いできて嬉しかったです』

シャルロットの言葉に、村長はフッと表情を和らげる。

『あの子にはもうひとり子供がいるんだろう？　可愛い双子が生まれたと、手紙をくれたことがある』

『はい。いつか、弟も一緒に遊びに来させてください』

『国王陛下に来られても、もてなせないよ』

村長は右手を大きく振る。けれど、カルロ同様に来られては迷惑だと言わないことに、シャルロットは笑みを深める。

(エディロン様も国王陛下なのだけどね)

出されたお茶をためらうことなく飲み干し、『いい味だ』と言っているエディロンを見て、また温かな気持ちになった。

「それにしても、ジョセフ殿が望んだことはなんだったんだろう?」

シャルロットの背後でエディロンが呟く。

(ジョセフが望んだこと……)

ジョセフとは王宮の離宮で何年も一緒に過ごした。

思い返してみると『適当なところで外出して行方不明にでもなるよ』と言っていることが多かった気がする。

「行方不明……」

行方不明になってはエリス国王にはなれない。

(国王になるのとは全く違う未来を望んだ?)

でも、四回目の人生でジョセフはエリス国王になり、魔法の花は咲いた。となると、国王になりたくないと願ったわけではない。

（やっぱり、本人に聞かないと）

シャルロットはそう決意すると、まっすぐに前方を見つめる。

いつの間にか、眼下にはエリス国の城下町が広がっていた。


エリス国の王宮に到着したシャルロットとエディロンは、その足でジョセフの元へと向かった。

広い応接室に、グラスに入れられた氷が溶けるカランッという高い音が響いた。

ソファーに腰かけるジョセフは並々と注がれた果実水を一気に飲み干すと、持っていたグラスをテーブルに置く。

「そう。母上のノートにはそんなことが書かれていたんだね」

「ええ。魔法が完成するには条件があることがはっきりと記されていたわ。おそらく、ジョセフはその条件をまだ満たしていないのではないかと思うの。かと言って、過去に立ち戻るほど道を誤っているわけでもない……」

シャルロットは持っていたノートの該当ページを開き、ジョセフの前に置いた。

ジョセフはそのページを食い入るように見る。

「ジョセフ殿の四回目の人生を、もう一度振り返ってほしい。何か、今回と違うことがあったはずだ。王座以外の何かが」

エディロンはじっと黙り込むジョセフに、落ち着いた口調で話しかける。

ジョセフはノートから顔を上げる。しばらくの間、何を見るわけでもなく宙を眺めていたが、顔を俯かせるとようやく口を開いた。

「……実は、恋人がいた」

「恋人？」

シャルロットは思わず聞き返す。ジョセフにそんな女性がいたなんて、初耳だ。

「結婚していたの？」

シャルロットは尋ねる。

「いや、していないよ。……ただ、僕はしたいとは思っていたし、彼女も同じだったと思う」

ジョセフは肩を落として答える。

「なぜ結婚しなかったんだ？　身分の問題か？」

エディロンが尋ねる。

「いや、違う」

「じゃあ、なんで？」

すると、ジョセフは答えを言うのを迷うように、口を噤んだ。

（どうしたのかしら？）

シャルロットは不思議に思ったものの、じっとジョセフが口を開くのを待つ。ジョセフは小さく息をつく。

「いざ婚約して結婚の準備をしているときに、ふと姉さんの顔が思い浮かんだんだ」

「……わたくしの顔？」

「いつも僕達は一緒にループしていたけれど、僕がこのまま幸せになっていつまでも死ななかったら、亡くなった姉さんはどうなるんだろうって。だから、そのことをリロに相談した」

部屋の片隅にあるサイドボードの上で羽根つきトカゲの姿になって寝そべっていたリロは、自分の名前が呼ばれたことに気付き顔を上げる。

「おそらく、姉さんが死んでからあまり時間が経ちすぎると次のループはできなくなると言われた。今がぎりぎりだと。だから、全く別の道を選んだんだ。幸い、僕を殺したい人はすぐ近くにいたからね」

シャルロットはヒュッと息を呑む。

――ここでいう〝全く別の道〟とは、即ち〝死〟だ。

自分のためにジョセフが選んだ選択の残酷さに衝撃を受けると共に、胸が痛んだ。

「そうか。フリード王子が亡くなっていたとしても、ジョセフ殿が死ねば次の王位継承権はオハンナ妃が次の夫と結婚するまで保持することになる。オハンナ妃から命を狙われることに変わりなかったのだな」

「そうです」

ジョセフは両手を上に向け肘を折り、肩を竦めて見せる。その表情は、いつになく寂しげに見えた。

「話を戻すが、その恋人は、今世では恋人ではないのか？」

「違います。まだ、会えていないから」

「会えていない？」

「うん。彼女、シセル国に住んでいるから」

「シセル国……」

シセル国とは、オハンナの生まれ故郷だ。エリス国の南方に位置する中堅国家で、シャルロットの父がオハンナを正妻として迎えたこともありエリス国とは友好関係にある。

オハンナがエディロンを殺害しようとする暴挙に出たにもかかわらず表向きは罪に問わずに内密に事を処理したのも、シセル国との関係を考慮してのことだった。

そして、シャルロットがつい先日訪問した国でもある。

「ジョセフ。彼女について詳しく教えてくれる？」

「もちろん。彼女はシセル国の王女だ」

「王女？　もしかして、カロン王女殿下⁉」

シセル国の王女と聞いて、すぐに現国王の末娘であるカロンが頭に浮かんだ。ジョセフと戴冠式で挨拶したと語っていたからだ。

「いや、カロン王女は違う。彼女の名前はヴァレリア＝フォンターナ。僕のふたつ年上で、シセル国の第五王女だよ。王太合から見ると、腹違いの妹だ」

「ヴァレリア様⁉　つい先日、お話しさせていただいたわ」

シャルロットは驚いて声を上げる。

艶やかな茶色い髪と若葉のような美しい緑眼の美女が脳裏に蘇る。夜空を見上げて星を眺めるのが好きだと、屈託ない笑顔を浮かべていた。

「僕は四回目の人生で、どうにかあの死に戻りの状況を打開したくて父上に外国に留学させてほしいと願い出た。オハンナ妃も納得して許された唯一の国がシセル国だった。自分の母国であれば、僕への目が行き届くからだろうね。そこで僕達は再会した。王族でありながら、軽んじられているという点で共通していたから、親しくなるまでにそれほど時間はかからなかった」

「ちょっと待って！」

シャルロットは失礼を承知で、ジョセフの言葉を止める。

今、気になる言葉が聞こえたのだ。

「再会した？　その前にも会っているということ？」

「会っているよ。母上が亡くなった直後に開かれた、諸外国を招いた社交パーティーがあっただろう？　そこに、彼女も来ていた」

「お母様が亡くなった直後に開かれた社交パーティー？　それって――」

シャルロットは目を見開く。

もしかして、エディロンとシャルロットが初めて会ったのと同じ社交パーティーではないだろうか。

ふたりして同じ社交パーティーで大切な人に出会っているなんて。ジョセフとは本当に不思議な縁で結ばれている。

シャルロットはシセル国でのヴァレリアとの会話を思い出す。

『ずっと昔、一度だけエリス国に行ったことがあります』

確か、そう言っていた。

きっとその一度しかない訪問で、ヴァレリアとジョセフは出会ったのだろう。

本当に、驚くことばかりだ。

「今回の人生でも彼女に会いたくて、先日の戴冠式は彼女を名指しで招待状を送ったんだ。けれど、体調を崩しているとのことで別の王女——第六王女のカロン王女が参列した」

ジョセフはため息をつく。

「それでは、今世では十年近く前の社交パーティーを最後に、一度も会えていないということだな？」

「そのとおりです」

「なるほど」

エディロンは腕を組む。

ジョセフは既に国王になっている立場上、他国を外遊するにはそれなりの調整や下準備がいる。今から企画しても、最低でも数カ月はかかるだろう。会うならヴァレリアに来てもらうほうが、話は早い。

「ジョセフ殿。この件、少し俺に任せてもらえないか？」

「エディロン陛下に？」

ジョセフは戸惑った様子でエディロンを見返す。

「ああ。ヴァレリア王女を上手くダナース国に呼べないか、調整してみる。ジョセフ殿は引き続き、オリアン卿とオハンナ妃達の行方を捜してほしい」

「……わかりました」

少しの沈黙ののち、ジョセフは頷いた。

◆六、オハンナの企み

外で本でも読もうと思い歩いていると、ふと優しい香りが漂ってきた。

立ち止まって、開放廊下から見える景色を眺める。階段で繋がっている庭園には色とりどりの花々が咲いていた。

（わあ、綺麗！）

思わず引き寄せられるように階段を下りる。花を眺めながら歩いていると、どこからか楽しげな笑い声が聞こえてきた。

「では、ローリア様はバレッタ次期公爵様と？　素晴らしい良縁だわ！」

「ありがとう。そういうあなたも、エリス国の国王陛下とはどうなっているの？」

「先日手紙を送ったから、そろそろ返事が来るはずよ。ジョセフ陛下はとてもハンサムで素敵な方なの。背後に神々しい神竜を従えていらっしゃって――」

ヴァレリアは興味を持ち、ひょいっと木の陰から顔を覗かせてそちらを窺い見る。

庭園に設えられたガゼボで楽しげに話しているのは、ヴァレリアと年の近い妹や姪達だ。

ふと、彼女達のひとりがこちらに気付く。

「あら、ヴァレリアお姉様」

「……っ！　ごきげんよう」

こちらに気付いてもらえたことが嬉しくて、ヴァレリアは体全体を木陰から出すと、スカートの裾を持ってちょこんとお辞儀をする。

「わたくしもお話に――」

「そろそろ冷えてきたし、場所を変えましょうか」

ヴァレリアが最後まで言い終わる前に、四つ年下の妹――カロンが立ち上がる。

「え……？」

それに従うように姉達の娘である姪達も「そうですわね」と椅子から立ち上がった。

「お姉様は読書？　わたくし達はもう使わないから、ご自由にされてね」

「……ありがとう、カロン」

にこりと微笑みかけられて、引っ込み思案なヴァレリアは「わたくしもお話に交ぜてほしいの」とは言い出せなかった。手に持っている本をぎゅっと胸に抱きしめる。

ガゼボの前にひとり取り残される。

コツコツと階段を上って遠ざかる足音と共に、また楽しげな笑い声が聞こえてきた。

「ねえ、ヴァレリアお姉様の持っていた本をご覧になった？　あれ、いつも持っている、平民の女が王子様に見初められる恋愛小説よ。もしかして、未だに自分がどこかの王室に嫁げるとでも夢見ているのかしら？」

「え？　でも、ヴァレリアお姉様ってもう二十三歳ですわ」

カロンの言葉に、姪のひとりが驚きの声を上げる。

「しっ！　いくら行き遅れが事実でも、そんなにはっきり言っては失礼よ。聞こえてしまうわ」

ヴァレリアは敢えてそちらを一切見ずに、ガゼボの椅子に座って本を読むふりをする。やがて足音と話し声は遠ざかり、聞こえなくなった。

「……全部聞こえているわ」

ヴァレリアは、はあっと息を吐き独りごちる。

ヴァレリア＝フォンターナは、間違いなくここシセル国の第五王女だ。

ただ、現国王の子供で母親に身分がないのはヴァレリアの母親だけ。十人以上いる兄弟姉妹の中で、彼女は異質な存在だった。

国王が自分の生活空間を清掃しているだけの身分のない下級使用人の女に気まぐれに手を出してできた子供――それがヴァレリアだ。

母親は産後の肥立ちが悪く、ヴァレリアを産んで程なくして亡くなったと聞く。

幼いときは、どうして自分だけが王妃様や側室、兄弟姉妹、果ては使用人達からまでまるで汚れ物のように扱われるのかがわからなかった。

王子や王女が参加する食事会に自分だけ呼ばれないこともしばしばだった。

『わたくしも行きたかったのに』

そう訴えると、わざと聞こえるような声で『なんて図々しいのかしら。これだから卑しい出の者は――』と言った側室達の眼差しは、一様に蔑みの色に満ちていた。

だから、そういった会があるときも『わたくしは大丈夫です』『体調が悪くて』と言って断るようになったのは、幼いながらも必死に周囲の悪意から逃げようと画策した結果だった。

「エリス国か……」

ヴァレリアはガゼボの椅子に座ったまま、空を眺める。

そんな幼少期を過ごしたヴァレリアだったけれど、一度だけ外遊に連れていってもらったことがある。一番上の姉――オハンナの嫁ぎ先であるエリス国で数年に一度開催される大規模な社交パーティーにどうしても行ってみたくて、父親に直談判したのだ。

ひとりぼっちのヴァレリアは、本を読んで過ごすことが多かった。

そんなヴァレリアにとって、エリス国は憧れの国だった。だって、色々な本でエリス国はいつも〝神に愛された国〟〝不思議に溢れた魔法の国〟として描かれているから。

パーティーの会場では魔法の明かりが点されていたことと、年の近い綺麗な男の子とお話をしたのを覚えている。

たった一度きりの外遊。

それでも、ヴァレリアにとってはかけがえのない思い出だ。

そのエリス国で先日、新国王の戴冠式が行われたという。新たに国王として即位したのは、まだ二十一歳の若き第一王子だ。なんでも、神の使いである神竜の加護を賜ったのだとか。

戴冠式には、シセル国からは王太子である兄のクラウディオと、第六王女である妹のカロンが参加した。

「話を聞きたかっただけなんだけどな……」

神竜とはどんなに神々しい生き物なのだろう。そして、魔法の国の戴冠式とは普通の国の戴冠式と何か違うのだろうか。

興味は尽きないけれど、肝心の外遊した本人——カロンはヴァレリアにそのことについて話す気がなさそうなので、聞き出すのは難しそうだ。

王太子であるクラウディオに至っては、最近体調を崩しがちな父に代わり国王の執務を行っているためとても忙しそうで、会う約束すら取りつけられない。

「行き遅れ、か……」

ヴァレリアはもう二十三歳だ。行き遅れとは言葉が過ぎるにしても、未婚の王女としてはやや年齢が高いことは確かだった。

ヴァレリアはぼんやりと空を見上げる。そのとき、真っ青な空の一カ所だけが黒いことに気付いた。

（あ、もしかして……）

ヴァレリアがじっとその黒い点を見つめていると、それはみるみるうちにこちらに近づいてきてガゼボの手すりに降り立った。

「こんにちは。鳥さん」

ヴァレリアは今降り立った鳥——焦げ茶色の羽に覆われた見事な鷹に声をかける。

この子は、いつの頃からか頻繁にヴァレリアの周囲を訪れるようになった鷹だ。

ヴァレリアは勝手に、この鷹のことを友達のように思っている。

一方の鷹も、まるで言葉がわかるかのようにこちらを見つめた。

「今日はね、本を読んでいるの」

ヴァレリアはふふっと笑って、持っている小説の表紙を鷹に見せるように突き出す。

「とても素敵なお話なのよ。貧しい村娘が、魔法使いの王子様に見初められるの。とっても優しい王子様よ。それで――」

鳥に向かって夢中になって喋っていたヴァレリアはふと言葉を詰まらせる。

「今日は、じゃなくて、今日も……かな……」

ヴァレリアは小説の表紙に視線を落とす。

貧しい村娘が魔法使いの王子様に見初められて幸せに暮らすお話は、夢と希望に溢れている。

人気が出るのも頷ける。これを読んでいる間は、現実を忘れて夢を見ていられるから。

次々と良縁に恵まれる姉妹達に対し、ヴァレリアは残念ながらこの歳になっても縁談が持ち上がらない。後ろ盾もなく、王妃や側妃達からもこころよく思われていない王女を娶ろうという酔狂(すいきょう)な貴族など、なかなか現れないのだ。

「王子様、か……」

ヴァレリアは独りごちる。

(いつかわたくしにも、素敵な人が現れるのかしら)

王子様じゃなくてもいい。お互いに尊敬できて、穏やかな気持ちで過ごせる人がいい。

そこまで考えて、ヴァレリアは首を横に振る。

「わたくしったら、バカね」

ずっと王宮に閉じこもってばかりで、そんな出会いなどあるわけがないのに。

舞踏会に行こうにも、ドレスもない。ヴァレリアのための予算はあるはずなのに、不思議なことにヴァレリアのところまで届かないのだ。

鷹はじっと大人しくしてガゼボの手すりで羽を休めていた。

「お前はわたくしのお友達ね」

鳥であっても、友達がいることはとても心強くて素敵なことだ。ヴァレリアは口元に微笑みを浮かべると、持っていた本を開いて読み始めた。

どれくらい経っただろう。

ふと薄暗さを感じてヴァレリアは顔を上げる。いつの間にか、空は夕焼けに染まっていた。

「あら。そろそろお部屋に戻らないと。マリーが心配しちゃう」

マリーとは、ヴァレリアの世話をしてくれている年配の侍女の名前だ。

「暗くなる前に、お前もそろそろお帰り」

ヴァレリアは未だにガゼボの手すりに留まっていた鷹に声をかける。鷹は小首を傾げ、大空に飛び立った。

「さてと」

ヴァレリアは立ち上がると、私室へと歩き始めた。

ヴァレリアの私室は、宮殿の中でも端に位置している。足早に歩いていると、「あら、ヴァレリアじゃない」と声がした。

ヴァレリアは立ち止まり、声のほうを見る。

「お姉様？　お帰りになっていらしたのですか？」

ここにいるはずのない人物――一番上の姉であるオハンナを見つけ、ヴァレリアは驚いた。オハンナはエリス国の王太后であり、かの国にいるはずなのだから。

「息抜きに帰ってきたのよ。あそこにいても、息が詰まるだけだわ」

「そうだったのですね。お帰りなさいませ」

ヴァレリアはスカートを摘まむと、優雅にお辞儀をする。

もしかすると数日前から戻ってきていたのに、また自分だけ晩餐の案内がなかっただけかもしれない。

「あなたは相変わらず陰気くさいドレスを着ているのね。まあ、あなたにはお似合いだけど」

「……わたくしはこれが気に入っておりますので」

ヴァレリアが曖昧に微笑むと、オハンナは不機嫌そうに目尻をつり上げる。

「あなたのそういう態度、誰かさんを思い出してとても不愉快だわ」

まっすぐにこちらを睨みつける眼差しに憎悪のようなものを感じ、ヴァレリアは身を縮こめる。

「……申し訳ございません」

半ば恐怖心を感じ、ヴァレリアは咄嗟に謝った。

オハンナはヴァレリアがまだとても小さい頃にエリス国に嫁いでしまったのでほとんど接点がないが、時折会うといつもきつい態度を取る。ヴァレリアには、一体何がそんなにオハンナの気に触るのかがわからなかった。

オハンナはふんっと鼻から息を吐くと、つかつかと立ち去っていった。ヴァレリアはその後ろ姿を見つめる。

（なんだか今日は、ついていないわ）

内心でため息をつくと、また歩き出す。

（鷹さん、そろそろおうちに着いたかしら）

見上げると、夕闇に染まる空には少し欠けた月が浮かんでいた。

エディロンに手を引かれて馬車を降りたシャルロットは、二週間ぶりのダナース国の宮殿を見上げ、目を細める。

馬車を止めた車寄せの前には、国王夫妻を出迎えるために臣下達がずらりと並んでいた。

その中からひとりが前に出た。エディロンの側近をしているセザールだ。

「お帰りなさい、エディロン陛下、シャルロット妃。旅は楽しめましたか？」

「ああ。事前に予定していた交渉は全て済ませたし、息抜きもできた」

「それはよかったです」

セザールは口元に笑みを浮かべると、私室へと向かうふたりの横を歩き始める。

「俺が留守にしている間、何も問題はなかったか？」

「全て滞りなく進んでおります。不在中にエディロン陛下とシャルロット妃にお目にかかりたいという行商人が何人か来ましたが、不在を理由に全て断りました。献上品を置いていった者もいるので、それらは預かってあります」

「行商人か。わかった」

旅の商人が珍しいものを持ってきたので見てほしいと王宮に訪問してくることはよくある。上手く売ることができれば『王室御用達』の箔がつくし、献上するだけでも『国王陛下、もしくは王妃様への献上品』と言うことができるからだ。

「わかった。全部纏めて部屋に届けてくれ」

「かしこまりました」

セザールは頷く。部屋の前までふたりを送り届けると、一礼して去っていった。

部屋のソファーに座ったシャルロットは両腕を頭の上に上げ、大きく伸びをする。

（やっぱり自分の部屋は落ち着くわ）

まだここで暮らし始めて一年たらずなのに、すっかりここが自分の居場所になっていることを感じる。

「シャルロット。旅は楽しめたか？」

「ええ、とても。あんな風に旅をしたのは初めてで、本当に楽しかったです」

シャルロットは隣に座るエディロンに、笑顔で頷く。

訪問した国々では予定していた議題の話をきちんとすることができたし、その合間を縫ってはエディロンと余暇を楽しむこともできた。

「喜んでくれてよかった。連れていった甲斐があったというものだ」

エディロンは優しく目を細めると、シャルロットの肩を抱き寄せる。顔が近づいて唇が重なり、またすぐに離れる。

シャルロットはエディロンの胸にこてんと頭を預ける。服越しに、彼の体温が伝わってきた。

（温かい）

エディロンはいつでも、シャルロットのことを大切にしてくれる。

過去五回の人生、エリス国の王宮では虐げられ、それでも幸せを夢見た結婚では結婚式の当日に殺された。こんな幸せがあるなんて、当時の自分からすると信じられない思いだ。

（……ジョセフ、大丈夫かしら）

自分が幸せな状況にあるだけに、ジョセフのことが余計心配になる。

国王になったばかりでただでさえ多忙を極める中、オリアン卿とオハンナがいなくなるという大事件。さらには、王宮には義妹のリゼットが戻ってきているはずだ。

心労は絶えないだろう。

（ヴァレリア様の件は、エディロン様とわたくしが上手くとりもたないと）

シャルロットは決意を新たにする。

トントントンと部屋のドアをノックする音がした。

「陛下。セザールです」

「入れ」

エディロンが入室を許可すると、ドアが開く。

セザールと共に来た文官達が次々と荷物を運び込んでくる。その数、十を超えていた。

「すごい。こんなに献上品が？」

シャルロットは目を丸くする。

献上品があること自体は珍しくないのだが、短期間にこの数は珍しい。先ほど多いとは聞いたが、予想以上の数だ。

「はい。ここ数日が特に多く、たまたまタイミングが重なったようです」

「へえ。これなんか、素敵ね」

シャルロットは立ち上がり、積み重なった品々の中にあった毛皮に手を伸ばす。

「愚か者！　触れるなっ！」

指先が毛皮に触れる直前、怒声が聞こえて横からシュッと何かが現れた。

「きゃっ、ガル？」

シャルロットは驚いて、咄嗟に手を引っ込める。

その瞬間、毛皮からぼわっと紫色の炎が上がった。

「シャルロット、危ない！　離れろ！」

すぐに反応したエディロンが強くシャルロットの腕を引き、その腕の中に閉じ込められた。

「火事だ！　陛下のお部屋で火が出たぞ。消火しろ！」

セザールが廊下の外にいる護衛騎士達に大声で命じる。

慌てた様子の騎士達は必死に消火活動をしていた。

シャルロットはその様子を呆然と眺める。

(炎が紫色……。魔法？)

通常とは違う紫色の炎は魔法によって熾された炎だ。

（どうして？　どうして魔法の炎が？）

シャルロットは小さく体を震わせる。

「どうなっている」

シャルロットを抱き寄せたまま、エディロンが忌々しげに呟く。幸いにして火はすぐに消し止められた。

「献上品の中身を確認していなかったのか！」

「しておりました。文官二名が確認し、私も最後にチェックをしたので間違いありません」

セザールは青い顔で首を横に振る。

「では、確認後に中身を入れ替えられたのか？　どこに保管していた？」

「私の執務室にある金庫です。誰も触っておりません」

セザールの返事に、エディロンは眉間の皺を深くする。

「では、なぜ……」

「……エディロン様。今の炎、魔法の細工かもしれません」

「なんだと？」

シャルロットの言葉に、エディロンは片腕で抱き寄せたままのシャルロットを見る。

「炎が、全体的に紫がかっていました。あれは、魔法の炎の特徴なんです」

ガルがとんっと、エディロンとシャルロットの前に降り立つ。

「ガル！ 助けてくれてありがとう」

「お前はしっかり見ておかないと危なっかしいからな」

ガルは「ふんっ」と鼻を鳴らす。

「先ほどの毛皮だが、お前達ふたりだけに発動するように術式が埋め込まれているように見えた。検閲で気付かなかったのはそのためだろう」

「わたくし達だけに発動する魔法？」

背筋が凍りつく。

それは、明確にシャルロットかエディロンをターゲットにしていたということだ。

「炎が小さかった。おそらく脅しだな」

「脅し？」

シャルロットは震え上がる。

一体誰が……と考え、ひとりの人物に思い当たる。

「もしかして……オリアン卿？」

「俺も今、同じことを考えていた。俺を殺そうとするオハンナ妃の計画に協力したら逆に返り討ちに遭い、オリアン卿は断罪された。さらに、オリアン卿が消えた日に偶然エリス国にいた。これ以上、この件には関わるなと脅してきているとしても不思議はない」

エディロンは険しい表情のままだ。

「こんな脅しで怯えると思われるとは、俺も舐められたものだ」

エディロンは、不敵な笑みを浮かべる。

シャルロットはエディロンに寄り添ったまま、炎が消し止められた毛皮の残骸を見つめる。

（何も悪いことが起こらないといいけど）

真っ黒に焦げて一部が灰になったそれが何か悪いことの予兆にも思えて、シャルロットはエディロンの服をぎゅっと握りしめた。

思わぬ知らせというのは、なんの前触れもなくやって来るものだ。

久しぶりに食事の席に呼ばれたヴァレリアは、そこにいたクラウディオの言葉を聞いてとても驚いた。

「わたくしが？　ダナース国に？」

「ああ。ダナース国王のエディロン殿が技術留学生の視察のために先日我が国に来訪されたことは、お前も知っているな？　今度はダナース国に視察に来ないかと手紙をもらったのだが、是非シャルロット妃と歳の近いお前をと希望されている」

（シャルロット様が？）

淡いピンク色の髪が印象的な、美しい女性が脳裏に蘇る。星を見るのが好きだというヴァレリアの話を、にこにこしながら聞いてくれた。

「い、行きたいです！」

ヴァレリアは胸の前で両手をぎゅっと握り、こくこくと頷く。

いつも王宮にいてばかりのヴァレリアにとって、これは大手を振って外に出かけられる滅多にないチャンス。

シャルロット達が住むダナース国がどんな場所なのか、是非とも見てみたかった。

「シャルロット妃のご縁でエリス国のジョセフ陛下も来訪されるようだ。是非私も参加したかったのだが、提案された日程が急で、執務が立て込んでいて難しい」

クラウディオは心底残念そうに眉を寄せる。

「ということで、お前ひとりになるが大丈夫だな?」

「はい――」

そう答えかけたとき、「待って!」と声がした。義妹のカロンだ。

「ダナース国にはジョセフ陛下もいらっしゃるの? それなら、わたくしが行きたいわ。わたくしだってシャルロット妃とそんなに歳は変わらないから、いいはずよ。それに、ジョセフ陛下とも面識があるから適任だと思いますわ」

「え?」

ヴァレリアはカロンの主張に、言葉を詰まらせる。

カロンを見ると、彼女は絶対に自分が行くと言いたげにヴァレリアを睨み返してきた。

「そうか。カロンはエディロン陛下、シャルロット妃、ジョセフ陛下の三人全員と面識があるのだったな」

クラウディオが思案するように顎に手を当てる。

「はい、そうなのです」

カロンは得意げに答える。

（そんな……）

戴冠式の際もそうだった。

以前エリス国に訪問したことがある縁で『是非ヴァレリア王女にお越しいただきたい』と招待状に書かれていたのに、カロンが『お姉様ばかり二度もずるい』と言って役目を奪ってしまったのだ。

せっかくのチャンスなのに、このままでは今回もまたカロンにその役目を奪われてしまう。

「でも――」

勇気を振り絞って抗議しようとしたそのとき、「やめなさい、はしたない」とぴしゃりと叱る声がした。ヴァレリアはびくっとして口を閉ざす。

「エディロン陛下はヴァレリアをご指名しているのよ。それを横から強引に交代するものではないわ」

「え？」

ヴァレリアはびっくりしてその声の主――オハンナを見つめる。まさか、オハンナが自分を手助けしてくれるとは思っていなかったのだ。

「ヴァレリアが行くべきよ。今回は我慢しなさい」

オハンナはもう一度きっぱりと、カロンを窘めた。

一方のカロンは、まさかオハンナに叱られるとは思っていなかったようだ。至極まっとうな理由でお叱りを受け、口を尖らせながらも黙り込む。

「では、ヴァレリア。そのつもりで準備をするように。詳細は追って伝える」

「はい。かしこまりました」

クラウディオにそう言われ、ヴァレリアは満面に笑みを浮かべて頷いた。


部屋に戻ってからも、ヴァレリアはどこかふわふわとした気分だった。

久しぶりの外遊が嬉しすぎて、浮かれてしまう。

「ダナース国ってどんなところかしら？」

本棚を眺め、ちょうど図書館で借りていた周辺国の歴史に関する本を手に取る。ダナース国のページを開くが、建国二十周年と歴史が浅いせいか載っているのは数ページだけだ。

ヴァレリアはそのページに目を通す。

元々はレスカンテ国という別の国家だったこと。最後の国王は贅沢三昧して国家予算を使い果たし、困窮した国民が蜂起してできた国であること。近年は経済的な発展が著しく、国民の所得はこの十年で三割増加していることなどが書かれている。

エリス国の元王女――シャルロットが王妃として嫁いだことも書き加えられていた。

（エリス国……。オハンナお姉様の国ね）

ヴァレリアはページを捲る。次のページは白紙だった。

「あら、終わっちゃった」

思ったよりも情報が少ない。

（ダナース国について書かれた、別の本を探して読んでみようかしら）

そう思ったヴァレリアはすっくと立ち上がる。図書館に行こうと思ったのだ。

（そういえば、マリーはどこに行っちゃったのかしら？）

いつもなら部屋にいる侍女のマリーの姿が、先ほどから見えない。マリーがヴァレリアに断りもなしにどこかに出かけてしまうなんて、珍しいことだ。

（戻ってきたときにわたくしがいないと心配するかもしれないから、置き手紙していけばいいかしら）

ヴァレリアはペンを手に取ると王宮図書館に少しの間出かけると書き残し、部屋を出た。

図書館に着くと、目的のダナース国に関する本はすぐに見つかった。

ヴァレリアは何冊かあるそれらの本を手に取り、読み始める。

二時間ほど滞在して読み終わらなかった本は貸し出し手続きをし、それを持って外に出る。辺りは薄暗くなり始めていた。

（あんまり遅くなるとマリーが心配しちゃうわね。早く戻らなくちゃ）

ヴァレリアは急ぎ足で歩き出す。その途中、前方をよく知る人物が歩いているのが見えた。

（あれは、オハンナお姉様？）

視線の先にいるオハンナは回廊から空を見上げていた。

一匹のカラスがまっすぐにオハンナの元に飛んできて、何かを足下に落とすとまた飛び去っていった。オハンナは特段驚く様子もなく、足下に転がったその何かを拾い上げる。

（伝書の鳥？）

ヴァレリアはじっとオハンナの様子を見守る。

オハンナは拾った何かを広げる。それは、手紙のように見えた。しばらくじっとそれに見入っていたオハンナは再びそれを元通りに畳むと、持っていたミニバッグに突っ込む。

そこでようやくヴァレリアの存在に気付いたようで、こちらを見た。

「ごきげんよう、オハンナお姉様」

ヴァレリアはオハンナに向かって優雅にお辞儀をすると、少し興奮気味に彼女に駆け寄った。

「先ほどのカラスは伝書鳩のようなものですか？　エリス国では鳩ではなくカラスを使うのですね」

「あれは使い魔よ」

「使い魔！」

ヴァレリアは目を丸くする。

使い魔というのは魔法使いが特別な主従契約を結んで使役する動物のことだと、以前エリス国に行った際に会った男の子に教えてもらった。その男の子は黒猫のような生き物を連れていた。

「オハンナお姉様は、さすがはエリス国の王太后ですね。すごいわ」

「近くで大きな声を出さないで。煩いわ」

「……っ、申し訳ございません」

オハンナに煩そうに手を払われ、ヴァレリアは言葉を詰まらせて慌てて謝罪する。

オハンナの言うとおり、少し興奮しすぎた。

「そうだわ。オハンナお姉様、わたくしのダナース国行きをあと押ししてくださって本当にありがとうございます。そのことで、オハンナお姉様にご相談があって」

ヴァレリアは再度顔を上げ、両手をぎゅっと握る。

ダナース国の王妃――シャルロットはオハンナの義理の娘のはず。事前に彼女について聞いておけば、会った際により一層話が盛り上がるかもしれないと思ったのだ。

「あら偶然ね。わたくしもそのことで、あなたに話があるの」

オハンナが落ち着いた様子で言う。

「え？　では、お先にどうぞ」

もしかするとダナース国に行く前に心構えについて指導されるのかと思い、ヴァレリアはぴしっと姿勢を正す。

「ダナース国に行ったら、訪問してきたエリス国王を亡き者にしてきて」

「……え？」

言われた言葉の意味がよく理解できず、ヴァレリアは聞き返す。

「エリス国のジョセフ陛下を、殺してきて」

ヴァレリアは大きく目を見開いた。

「オハンナお姉様？　ご冗談を……」

なんとか笑い話にしようとするが、表情が引きつって上手く笑えない。必死に絞り出した声はかすれていた。

「冗談じゃないわ。本気よ。招待された立場のあなたなら油断されているから、上手く懐まで入れるわ」

「そんな……なんでそんなことを。お姉様の義理の息子ではありませんか」

「理由なんて、あなたが知る必要のないことよ。とにかくあの人は邪魔なの。わたくしの息子だなんて、一度たりとも思ったことがないわ」

語勢を強めたオハンナの表情から、心底彼を憎く思っているのだと窺えた。

（本気なの……？）

他国の国王を暗殺などしたら、国際問題になるのは容易に想像できる。最悪、戦争になってしまうかもしれない。

ヴァレリアはぎゅっと手を握りしめ、唇を引き結ぶ。

「できません」

「……なんですって？」

「そのようなこと、できません」

勇気を振り絞って、ヴァレリアはきっぱりと命令を拒否する。すると、オハンナは目を眇めてこちらを見た。

「あら。わたくしにそんな口の利き方をしてもいいの？」

「え？」

「あなた、大好きな侍女がいなくなったら本当にひとりぼっちになってしまうわね」

（……どういう意味？）

意味がわからず、ヴァレリアは呆然としてオハンナを見返す。

オハンナはくすっと意味ありげに笑うと、持っていた扇で口元を隠した。

（もしかして、マリーがいないのは……）

とても嫌な予感がした。

「もしかして、マリーに何かしたのですか⁉」

「大きな声を上げないでと言ったでしょう。煩いわ」

オハンナは耳に人差し指を突っ込み、大袈裟な態度で不快感を露わにする。

「……どうして、……どうしてそんな酷(ひど)いことをするの？」

怒りと動揺で、声が震える。

そんなヴァレリアを見つめ、オハンナはふふっと笑みをこぼした。

「何事も、上手く事を進めるには武器が必要なのよ。よく覚えておきなさい」

オハンナはヴァレリアの左肩に手を置くと、耳元に顔を近づけた。

「そうそう。誰かに助けてもらおうだなんて思わないことね。わたくしはエリス国の王太合。そして、エリス国は魔法の国よ？　何が起こるかわからないわ」

遠くからパタパタと足音が聞こえてくる。

「母上ー！」

大きな声でオハンナを呼びながら駆け寄ってきたのは、甥のフリードだった。オハンナの息子で、エリス国の第二王子だ。

「母上。お部屋に戻られないのですか？」

「もう戻るわ。呼びに来てくれてありがとう」

オハンナはにこりと微笑むと、フリードの頭を撫でる。

フリードは嬉しそうにはにかんだ。

フリードはふと、ヴァレリアのほうを見る。

「ねえ、ヴァレリア様は体調悪いの？」

「え？」

心配そうに見つめられ、ヴァレリアは言葉に詰まる。

「顔色悪いよ。大丈夫？」

「まあ、大丈夫よ」

答えられないヴァレリアの代わりにオハンナが笑顔で答える。

「フリードは優しくていい子ね。さあ、お母様と一緒に行きましょう」

その横顔が優しくて、先ほど聞いた言葉は全部幻だったのではないかとすら思えてくる。

オハンナに手を引かれたフリードがなおも心配そうにヴァレリアを振り返る。

ヴァレリアはその後ろ姿を、ただ呆然と見送ることしかできなかった。

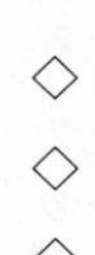

新婚旅行から戻ってきて、一カ月が過ぎた。
今日はシセル国から第五王女のヴァレリアがやって来る日だ。
シャルロットは朝からずっとそわそわしていた。
何度も窓の前に立っては外を眺め、目当てのものが見えないことを確認するとソファーに座る。けれど十分もするとまた窓の前に立っていた。

（そろそろいらっしゃるかしら？）

シャルロットは遙か遠くまで伸びる街道に目を凝らす。見える範囲には馬車の隊列はない。

じっと外を眺めていると、遙か遠方の空から文鳥が飛んでくるのが見えた。

「ハール！　お帰りなさい」

シャルロットは窓を開ける。すると、文鳥の姿をした使い魔――ハールは開いた窓から部屋に入ってきた。

「ただいま！　隣町で馬車の隊列を見たから、そろそろ到着するんじゃないかしら」

「本当？」

シャルロットは目を輝かせてもう一度窓の外を見る。

（隣町……）

目を凝らすと、確かに馬車の隊列らしき小さな影があるような気がする。ちょうどそのタイミングで、背後のドアがガチャリと開く。

「シャルロット。そろそろヴァレリア王女が到着すると、先触れがあった」

現れたのはエディロンだ。今日は執務室での仕事だったようで、軍服の襟元は楽に緩められていた。

「はい。すぐに準備をします」

シャルロットは笑顔で頷いた。


ヴァレリアの滞在は二週間の予定だ。その間にダナース国にいるシセル国からの留学生達を視察するのが建前上の訪問理由となっている。

しかし、シャルロット達が彼女をダナース国に招待した理由はもちろん違う。本当の目的は、四回目の人生でジョセフの恋人だったというヴァレリアとジョセフを引き合わせることだ。そのために、ジョセフも遅れて合流することになっている。

「そろそろ到着かしら？」

先触れがあったと聞いてすぐに正面エントランスに向かったシャルロットは、わくわくしながらヴァレリアの到着を待つ。

さほど待つことなく、王宮の正門のほうから王女の来訪を知らせるラッパの音が聞こえてきた。

周囲を騎士に警護された馬車が近づいてくる。緑と赤と水色で構成されるシセル国の国旗をはためかせたその馬車は、シャルロットとエディロンから数メートル離れた場所に停車した。

カチャッと馬車のドアが開き、銀色のビジューの付いた可愛らしい靴が見えた。

ヴァレリアはダナース国の地に降り立つと、すぐに近くに立つエディロンとシャルロットの存在に気付き、丁寧に腰を折ってカーテシーを披露する。

「ご無沙汰しております。シセル国第五王女、ヴァレリア＝フォンターナでございます。お招きいただき光栄です」

「長旅ご苦労だった」

エディロンがヴァレリアを労う。

「ヴァレリア様！　ようこそお越しくださいました」

シャルロットはヴァレリアとの再会が嬉しくて、思わず駆け寄るとギュッと手を握る。

「シャルロット様！」

ヴァレリアも嬉しそうに、顔を綻ばせた。

「滞在中は、思う存分楽しまれてくださいね。色んなところにご案内します」

「はい」

「それにエリス国から弟のジョセフも訪問予定です。楽しみにしていてください」

シャルロットはにこりと微笑む。その瞬間、ヴァレリアの顔がさっと暗くなる。

「あ……、ありがとうございます」

ヴァレリアは言葉を詰まらせ、絞り出すような掠(かす)れた声でお礼の言葉を言った。

(あら？)

その態度に、違和感を覚えた。どこか、動揺しておどおどしているような——。

(滅多にしない外遊で別の国の国王まで来ると聞いて、緊張されているのかしら？)

そうであれば、早く緊張がほぐれるように気遣ってあげなければ。

(頑張らなくっちゃ！)

シャルロットはやる気を漲(みなぎ)らせたのだった。


ヴァレリアを部屋に送り届けたあと、シャルロットはエディロンと共に彼の執務室に向かった。今後のことについて、打ち合わせをするためだ。

「久しぶりに会いましたが、やっぱりと一っても可愛らしい方でしたね！」

「そうだな。シャルロットほどではないが」

「目が大きくて、人形のようでした。愛らしくって、ジョセフが好きになってしまうのも頷けます」

「ああ。だが、愛らしさならシャルロットのほうが上だ」

シャルロットはエディロンを見る。

「エディロン様！　ここは『可愛い』と言っておけばいいのです」

「ほう？　俺がシャルロットの前でシャルロット以外を褒めても？」

「…………」

シャルロットは言葉に詰まって、暫し考える。エディロンが自分の前で他の女性を美しいと賞賛したことなど一度もないけれど、もしやられたら――。

「やっぱり嫌です」

エディロンはくくっと笑う。

「安心しろ。シャルロットが一番愛らしい」

エディロンはシャルロットの頭を撫でると、額にキスをする。

そのとき、外からバサッという羽ばたきの音がした。

シャルロットはハッとして窓の外を見る。窓の外側に付いた石製下枠部分に、焦げ茶色の鷹が留まっているのが見えた。

「グールだわ！」

シャルロットは声を上げる。

シャルロット同様、ジョセフには使い魔が二匹いる。一匹はこの鷹のグールで、もう一匹はドグマという名前の黒豹だ。

「どうしたのかしら？　あと数日後にはジョセフもここに来るはずなのに――」

「何か緊急の知らせかもしれない」

エディロンの言葉に、シャルロットは慌てて窓を開けるとグールが持ってきた手紙を取る。

「なんと書いてあった？」

エディロンも立ち上がり、窓際にいるシャルロットに近づく。そして、シャルロットの手元の手紙を覗き込んできた。

「オハンナ妃とフリード王子が、シセル国に……？」

そこには、行方を追っていたオハンナの居場所をようやく突き止めた旨が記載されていた。行方がわからなくなって程なくしてシセル国の王宮に滞在しているようで、シセル国王には『王太后の立場になり、時間に余裕もできたからフリードを連れて久しぶりに里帰りに参りました』と伝えているようだ。

「よりによって、シセル国か。面倒だな」

エディロンが忌々しげに呟く。

シセル国はオハンナの出身国だ。そして、外交上の問題を避けるためにオハンナが行った数々の悪行はシセル国側には一切伝えていない。

つまり、オハンナが突然帰国してきても、シセル国側はオハンナの説明を信じ込んでしまうだろう。それに、オハンナがシセル国にいる限り、こちらから拘束するなどの手出しもできない。

「時期的に、ヴァレリア様はお義母様がシセル国に帰ってきていると認識していらっしゃるのかしら？」

「普通に考えれば、認識しているだろうな。もしかすると、ここに来る前に何か話をしている可能性もある」

エディロンは腕を組む。

「しかし、そのことについて一切触れてこないのは妙だな。今日の晩餐のときにでも、それとなく聞き出してみるか」

「ヴァレリア様がなんらかの理由で、意図的にその話題に触れないようにしているということですか？」

「わからない。だが、注意深く見守る必要はある」

シャルロットはジョセフから届いた手紙にもう一度視線を落とす。

ヴァレリアの到着で高揚していた気持ちが、急激に冷えてゆくのを感じた。

一方のヴァレリアは、客室に案内されたあとも全く落ち着くことができなかった。

「ヴァレリア様。お召し物を」

「え？　あ、ありがとう」

同行した侍女に上着を脱ぐように言われ、慌ててケープを脱ぐ。

「ごめんなさい。初めてのひとりでの外国訪問で、緊張していて」

ヴァレリアははにかんで侍女に笑いかける。

「そうですか」

侍女は素っ気なくそう言うと無表情でケープを受け取り、形が崩れないようにハンガーにかける。その冷たい態度に、心が冷えるのを感じた。

オハンナに常軌を逸した命令をされたあの日、とうとうヴァレリアの侍女のマリーは帰ってこなかった。

『オハンナお姉様！　マリーを返してください！』

翌日すぐにオハンナの部屋を訪問して必死に訴えるヴァレリアに、オハンナは笑顔を向けた。

『もちろんお返しするわ』

『じゃあ――』

ヴァレリアはほっとして、薄ら涙の浮かぶ瞳をオハンナに向けた。

『でも、どういう状態であなたのところに戻るかは、あなた次第ね。期待しているわ、ヴァレリア』

ポンッと肩に手を置かれ耳元で囁かれたときの恐怖は、これまでに経験したことのないものだった。

（どういう状態でわたくしのところに戻るかは、わたくし次第？　それって――）

マリーの命がかかっていると悟り、愕然とした。

『そうそう。昨日も言ったけれど、余計な相談は誰にもしないことね。想像し得る中で最悪の結果になるわ』

朗らかに微笑むオハンナは年を重ねても色あせない美しさがあるのに、まるで悪魔のように見えた。

ヴァレリアは淡々と荷解きをする侍女を見つめる。

（この人も、もしかしたらオハンナお姉様の息がかかっているのかも）

マリーは表向き、体調を崩して急に休暇に入ったということになっていた。

今の侍女はマリーの休んだ穴を埋めるべく、翌日に配置された人だ。仕事ぶりに問題はないのだが、無表情で事務的、一切世間話もせず、何を考えているのかよくわからない。

もしかしたら自分を監視するために仕向けられた人なのかもしれないと思うと、胃がキリキリと痛くなる。

ヴァレリアは立ち上がり、窓に近づく。窓からは白い壁にオレンジ色の屋根の建物が建ち並んでおり、大通りとおぼしき場所にはテントが並んでいるのも見える。

そこには、ヴァレリアが一目見たいと願った異国の町並みが広がっていた。

「なんでこんなことになっちゃったのかしら……」

ヴァレリアは途方に暮れて、人知れず独り言ちる。

嬉しいはずの外遊なのに、気分はちっとも晴れなかった。

◆七、謀略

ヴァレリアが到着して三日ほどが過ぎたこの日、シャルロットは彼女と城下を訪れていた。エディロンが議会の対応で一日忙しいので、城下の案内役を任されたのだ。

「先ほど見せていただいたマーケット、とても楽しかったです。色々な国の品物があるのですね」

「はい。最近は以前に比べて物流が盛んになって、様々な国のものが入ってくるようになりました。シセル国の品物もたくさんあります」

「ええ、そうね」

シャルロットの説明に、ヴァレリアは嬉しそうに笑う。

「次はどこに向かうのですか？」

「次は、小学校の見学にご案内します」

「小学校？　楽しみだわ」

シャルロットはヴァレリアに馬車に乗るように促す。

ヴァレリアは素直に乗り込むと、窓の外を見た。

シャルロットはその様子を窺い見る。ヴァレリアは移りゆく景色を興味深げに眺めていた。

「シャルロット様。あの塔はなんですか？」

ヴァレリアに尋ねられ、シャルロットは彼女側の窓から外を覗く。ヴァレリアが指さす方向――小高い丘の上には白い塔が立っているのが見えた。塔の屋上は球面の上側を斜めに切り取ったような、特徴的な形状をしている。

「あれは天文台です。星を観察するためのものですよ」

「天文台？　素敵ね！」

ヴァレリアの顔がぱっと明るくなる。

（そういえば、星を眺めるのがお好きだったかしら？）

シャルロットは、ヴァレリアの様子を見て、以前シセル国に行った際のやり取りを思い出す。あのときも、ガゼボから夜空を眺めていた。

「よろしければ、滞在中にあちらにご案内しましょうか？」

「本当？　嬉しいわ」

ヴァレリアは両手を胸の前で合わせてまるで子供のように喜ぶ。シャルロットもつられるように、相好を崩したのだった。

やがて馬車は目的の小学校へと到着する。

シャルロットがヴァレリアを案内したのは、最近開校したばかりの公立の小学校だった。主に平民を対象としており、通学のための費用は全額を国が負担している。

「こちらはダナース国の一般的な小学校です。五歳になったら、全ての子供は学校に通う、もしくはそれに相当する教育を受けるように義務づけられています」

「全員？　昼間は働いている子供もいるのではなくて？」

「いません。十二歳以下の子供の労働は禁止です。ああ、家業の手伝いをすることはありますが、それも学校がない時間だけです」

「労働力不足で不満は出ないのですか？」

「この仕組みができた当初はそういった不満も多かったようですが、今はあまり。むしろ、学校で様々なことを学んだ子供達は将来頼もしい働き手となってくれます」

「へえ」

ヴァレリアは興味深げに校舎内を眺める。

校舎は木造二階建てで、五歳から十二歳までの七学年がそれぞれ学べる教室が設けられている。廊下に面した教室の壁には窓がついており、廊下から各教室の様子が覗けるようになっていた。

シャルロット達が教室を覗くと、すぐに何人かの子供達がこちらに気付いて大きく手を振る。ヴァレリアはそれに気付くと、笑顔で手を振り返していた。

（福祉や教育に興味があるのかしら？）

シャルロットは楽しげに微笑むヴァレリアの横顔を眺める。

ヴァレリアがダナース国に来訪してから数日経つが、シャルロットはヴァレリアのことを掴みきれずにいた。

話しかければ笑顔で答え、何かを教えれば興味を持って事細かに聞き返してくる。

だから好奇心旺盛な性格なのかと思えば、時折どこか思い詰めたような表情をして黙り込むこともある。そんなとき、ヴァレリアは声をかけられてもあからさまに避けるような態度を取ることもある。

（でも、嫌われているわけでもなさそうなのよね）

シセル国で会ったときとは何かが異なるその様子に、違和感を拭えない。

ちょうど授業終了の鐘が鳴り、子供達がわっと教室から出てくる。

「お姫様、どこから来たの？」

「お名前はなんていうの？」

「ダナース国に住むの？」

初めて会うヴァレリアに、皆興味津々のようた。ヴァレリアはあっという間に子供達に囲まれていた。

「はじめまして。わたくしはヴァレリア＝フォンターナです。シセル国というところから来ました」

「シセル国？　どこ？」

「お隣の国よ」

答えるヴァレリアは笑顔を浮かべ、子供達との会話を心から楽しんでいるようだった。

「ねえ、お姫様――、あっ！」

ヴァレリアに話しかけようとした男の子が、前に傾く。後ろにいた別の子供に、背中を押されたのだ。

「危ない！」

ヴァレリアは咄嗟に手を伸ばした。

男の子の手がヴァレリアの袖を掴み、次の瞬間にビリッと音がした。

「大丈夫？」

「うん。……ドレスが――」

男の子が真っ青な顔でヴァレリアの腕の辺りを見る。

子供とはいえ体重がかかった袖は重みに耐えきれず、十センチ近くが裂けていた。

「……どうしよう」

男の子は今にも泣きそうな顔をする。

「大丈夫よ。ドレスは直せばいいだけだもの。でも、あなたが大怪我をしたら取り返しがつかないわ。だから、気にしなくていいの。怪我がなくてよかったわ」

「……ごめんなさい」

「ちゃんと謝れて偉いわね」

ヴァレリアは俯いて唇を噛む男の子の頭を撫でる。

——カーン、カーン。

休み時間終了の鐘が鳴る。

子供達は、慌てた様子で教室へと戻っていった。シャルロットは子供達が席に着く様子を見届けてから、ヴァレリアに声をかけた。

「ヴァレリア様はお優しいですね」

「そんなこと」

ヴァレリアは両手を胸の前で振った。

「だた、あの子には悪気はなく、謝罪する気持ちもあったから、わたくしはそれに応えただけです」

シャルロットはヴァレリアを見つめる。

もしあそこでヴァレリアが怒れば、あの子は酷く叱られて教員や親まで出てくる大騒ぎとなっていただろう。ヴァレリアはきっと、それを回避するためにあいう言い方をしたのだ。

今日は城下に視察に行くと伝えていたので、ヴァレリアが着ているのは比較的シンプルなドレスだ。

しかし、シンプルといっても一国の王女が外遊で着用するために持参したドレス。シセル国の伝統である地紋入りの上質な生地が使われており、おそらく値段はそれなりにするものだろう。

「ヴァレリア様。もしご迷惑でなければ、わたくしがそのドレスを直しても?」

「え？　シャルロット様が？　ドレスを？」

ヴァレリアは驚いたようにシャルロットを見る。

「はい。多分、直せると思います」

まだ母――ルーリスが生きていた頃、オハンナの息のかかった侍女達に色々と嫌がらせをされることがよくあった。その最たる例が、ドレスなどの衣料品への悪戯だ。

ドレスを切り刻まれたことも一度や二度ではなかったが、ルーリスは毎回魔法で直してしまい、陰湿ないじめもどこ吹く風だった。

先日見たルーリスのノートには壊れたものを復元する魔法についても載っていたので、シャルロットも同じように直せるはずだ。

「わたくしとしてはとても助かりますが――」

ヴァレリアは本当にいいのかと戸惑った様子だ。

「では、直しましょう」

シャルロットは笑顔でヴァレリアの衣装に手を伸ばす。破れた袖の部分に触れると、魔力を込めて破れた部分を縫い合わせるように意識し、また手を離した。

「まあ、直っているわ！」

先ほどまで破れていた袖に触れ、ヴァレリアが驚きの声を上げる。

「すごいです。これはもしかして、魔法ね？」

「ええ、そうです」

興奮気味に質問してくるヴァレリアに、シャルロットは頷く。

「わたくし、実際の魔法を見るのは初めてです。本当に不思議なことが起きるのね」

ヴァレリアは自分の着ているドレスの袖を持ち、じっくりと眺める。「破けていないわ」「とても不思議」としきりに言っている。

「わたくしも最近まであまり上手く魔法を使うことができなかったので、母の魔法を見ては不思議で見入っていました」

「最近まで？　そうなのですか？」

ヴァレリアは目を丸くする。

「他にはどんな魔法を？」

「簡単なものであれば、そよ風を起こしたり、小さなものを浮かせたり、離れた場所にあるものを引き寄せたりできます」

「へえ、すごいわ」

ヴァレリアは両手を合わせ、感嘆の声を上げる。

（魔法に興味があるのかしら？）

これまでにない食いつき方は、明らかに魔法について興味を持っているように感じた。そういえば、シセル国で少しだけ話をした際も星の花を咲かせる魔法について聞いてきたことを思い出す。

「よろしければ、魔法について色々とお話をして差し上げましょうか？」

「本当ですか？」

ヴァレリアの表情がパッと明るくなる。

「ええ、もちろん。王宮に戻ったら、お茶会をセッティングいたしますね」

シャルロットはにこりと微笑んで頷いた。


「――というわけで、お茶会を開催しようと思ったのですが、ヴァレリア様が急に体調を崩されてしまって」

庭園のガゼボに座るシャルロットは、しょんぼりとする。

今日、エディロンは議会があって外せなかったのでヴァレリアの対応は全てシャルロットが行った。今はその件について、エディロンの午後の休憩時間を使って伝えているのだ。

「体調不良？」

「はい。お茶会にはいらしてくださったのですが、始まってすぐに気分を悪くされてしまって――」

シャルロットは、はあっと息を吐く。

今日の午前中に一緒に城下に視察に行き、どうやらヴァレリアは魔法のことに興味があるらしいと知ったシャルロットはそれをネタに早速お茶会をセッティングした。

しかし、いざ会が始まってお茶が運び込まれてきたら、急に体調不良を訴えたのだ。

「午前中から体調不良気味だったのかな?」

「いいえ。むしろ、いつもよりも元気そうに見えました。お茶会の席にいらしたときもにこにこしていらして」

シャルロットは言葉を止め、ヴァレリアが体調を崩したときのことを思い返す。

「実は今朝から少し胃もたれ気味だったので、お茶会ではケイシーが普通の紅茶と体を温めるハーブティーの二種類を用意してくれたんです。それでわたくしが喜んで『さすがはケイシーね。自慢の侍女だわ』って伝えたんです。ヴァレリア様が体調不良を訴えたのは、その直後でした」

「なるほど……。それは突然だな。ヴァレリア王女に医師は手配したのか?」

「いいえ。外出の疲れだから必要ないと」

シャルロットは眉尻を下げる。

「念のために確認するが、彼女はお茶を飲んだのか?」

「飲んでいません。飲もうとしていただけです」

エディロンがヴァレリアの口にしたものに問題がなかったかを気にしているとすぐ

に気付いたシャルロットは、首を横に振る。

思い返しても、お茶はおろかお菓子にも手をつけていなかったはずだ。

「となると、彼女の言うとおり疲れからくる体調不良か」

エディロンはふむと頷く。

「聞く限り、何も不審な点はないな……」

「不審な点？」

シャルロットは眉を顰めてエディロンを見返す。

「ヴァレリア王女が来てからというものずっと彼女を見ているが、俺には彼女が何かを隠しているように見えるんだ」

「何か？」

「それが何かははっきりとはわからないんだが……。シャルロットはヴァレリア王女と接していて、違和感を覚えることはないか？」

「それは……」

エディロンから聞き返され、シャルロットは言葉に詰まる。

ヴァレリアが時折見せる、塞ぎ込んだような態度やこちらと距離を取ろうとする態度など、違和感はあった。だが、慣れない異国の地で戸惑っていると言われれば納得してしまうような、些細な違和感だ。

「わたくしには、よくわかりません」

シャルロットは小さく首を振る。

ヴァレリアは四度目の人生でジョセフが愛した女性だ。多少の違和感があっても、いい人に違いないと信じたい気持ちが強かった。

困ったような顔をするシャルロットを見つめ、エディロンも困ったように眉尻を下げる。

「すまない、あなたを困らせたいわけでないんだ。ただ、何か悪いことが起きなければいいと心配している。明日にはジョセフ殿も来るし、俺の心配も杞憂かもしれない」

エディロンはシャルロットを抱き寄せる。

「ところでシャルロット、今朝から胃の調子が悪いのか？」

話しが一区切りついたところで、エディロンは心配そうにシャルロットの顔を覗き込んできた。

「悪いと言うほどでは。なんとなく、ムカムカする程度です。ここ数日、ヴァレリア様がいらしている影響で食事がいつもより豪華なので、食べすぎてしまったのかもしれません」

「そうか。それならばいいのだが……。あなたに無理をさせたのではないかと心配している」

エディロンを見返し、シャルロットはふっと笑みをこぼす。さりげない一言を拾って自分を心配してくれる彼の優しさに、胸が温かくなる。

「大丈夫ですわ。わたくし、エディロン様の妻ですもの」

シャルロットはエディロンの胸に、体を預ける。

(明日にはジョセフが来る。そうしたら、きっとジョセフの願いも叶うはずだわ)

ヴァレリアをダナース国に呼んだ最大の目的はジョセフと彼女を引き合わせること。自分が幸せになったのと同じように、ジョセフにも幸せになってほしい。

(もし、ジョセフの花がこのまま咲かず、また命を落としたりしたら……)

ジョセフの人生は、また十二歳の頃へとループする。そして、次の七回目の人生はシャルロットもループしない限り始まらない。

(わたくしもこの人生を捨てるということ?)

やっとのことで手に入れたこの幸せを捨てて死を選ぶ?

今自分を抱きしめて、惜しみない愛情を注いでくれる、この愛しいぬくもりを?

シャルロットはエディロンを見上げる。目が合うと、エディロンは優しく微笑んでシャルロットにキスをした。

（絶対に嫌）

もう、二度とループなんてしたくない。

今世では必ず、ジョセフとふたり揃って幸せになってみせる。

そのためにも、ジョセフの魔法を絶対に完成させると、胸に強く誓った。

一方のエディロンは、シャルロットを抱き寄せながらも、考えを纏められずに苦慮していた。

（シャルロットからの話を聞いても不審な点はないな。となると、やはり疲れからくるものか……）

シャルロットの話を聞くに、ヴァレリアは優しい女性なのだろう。

過去の人生とはいえ、あのジョセフが愛した女性だ。きっと、素晴らしい女性なのだろうと想像はつく。

――だがしかし、何かが引っかかる。

これはヴァレリアがダナース国に来てからエディロンがずっと抱いている違和感だ。

その違和感の根本となるところは、ヴァレリアが到着した当日の会話だった。

『今、シャルロットの義母のオハンナ殿がシセル国に戻っているようだな?』

『……そのようですが、ほとんどお会いしていなくて。姉の近況はわたくしもよく知りません』

『そうか。残念だ』

『申し訳ございません』

たったそれだけの何気ない会話だが、エディロンは決定的な違和感を覚えた。

これから外遊を控えていて、かつその国の王妃はエリス国出身で、外遊中にはエリス国国王が来訪する予定もある。

そうわかっていながら、エリス国の王太合である姉が帰国していてもその話題を一切出さず接触もしないなど、あり得るだろうか?

普通であれば、シャルロットの人となりやエリス国での様子など、会話のネタになりそうなことを聞くために会いに行くものだ。

それに、滞在中もふとしたときに思い詰めたような表情をし、何かに怯えるように周囲を気にする。まるで、監視を恐れているように見えた。

(まさか、監視されているのか?)

しかし、ヴァレリアの周囲にはそれ相応の警備をつけている。現在までに不審な人物がいたという情報はなかった。

（となると、侍女か騎士か？）

そう考え、エディロンはすぐに違うだろうと首を横に振る。

ヴァレリアのその行動は侍女や自国の騎士が近くにいないときも同様だった。直近でヴァレリアが不安そうに周囲を見回す様子を見かけたのは、城下にある国立公園を案内しているときだった。そのときの警備はダナース国の者で固めていたと記憶している。

（気にしすぎであればいいのだが……）

「エディロン様？」

不意に名前を呼ばれてハッとする。

気付けば、シャルロットが不安そうにこちらを見つめていた。

「怖いお顔をされております」

シャルロットはエディロンのほうに手を伸ばすと、頬に触れた。もう片方の手はエディロンの服をぎゅっと握りしめている。

色々と考え込んでいたせいで、表情が固くなってしまっていたようだ。

「悪かった。シャルロットを不安にさせてしまうとは、夫失格だな」

エディロンはふっと笑うと、自分の頬に添えられたシャルロットの手を外し、その指先にキスをする。

「シャルロット、愛している」

今度はシャルロットの頬を両手で包み込むと、唇にキスをした。

「今日は疲れただろう。このあとは部屋で休むといい。送っていこう」

「はい」

シャルロットはエディロンを見つめ、微笑む。エディロンもそんなシャルロットに微笑み返す。

ふたりの元にヴァレリアがいなくなったという情報がもたらされたのは、この数時間後のことだった。

シャルロットのお茶会を体調不良を理由に抜け出した直後。
ヴァレリアは部屋でひとり落ち込んでいた。
(せっかくシャルロット様がセッティングしてくださったのに)

後ろめたさから、気持ちが沈む。

午前中、シャルロットが城下を案内してくれたことも、ドレスを破いてしまったヴァレリアに気を遣って直してくれたことも、魔法に興味があると知ってお茶会をセッティングしてくれたことも、全部嬉しかった。

ところが、意気揚々とそのお茶会に参加した際にシャルロットが何気なく発した一言で急激に頭が冷えるのを感じた。

『さすがはケイシーね。自慢の侍女だわ』

たったそれだけの台詞だ。シャルロットにとっては、自分の侍女を労っただけのこと。けれど、ヴァレリアの脳裏には故郷で行方不明になりオハンナに人質に取られているマリーのことが蘇り、平常心を保っていることができなくなった。

マリーはヴァレリアにとって、ただの侍女以上の存在だ。

側妃であった母の侍女を務めていたが母の死後ヴァレリア付きになった人で、元々はただの侍女だった母の一番の親友だったと聞く。幼い頃から母代わりのような存在で、孤独なヴァレリアが最も信頼して慕っている人だった。

「わたくし、どうすればいいのかしら」

答えの出ない自問自答を繰り返していると、ふと窓を叩く音がした。

「ひっ！」

窓の外を見たヴァレリアは小さな悲鳴を上げる。

外枠に止まる黒色のカラスはじっとこちらを見つめていた。そして、足下には何か筒が付いている。

（受け取りたくない……）

あの筒の中身は、きっとよくないものに違いない。直感的にそんな予感がした。

けれど、受け取らないとマリーがどうなるかわからない。

ヴァレリアは意を決して、そのカラスから手紙を受け取ろうと窓を開ける。

「これを食事に混ぜて、エリス国王に飲ませろ」

カラスの足に付いた筒を外そうとしていたら、耳元で聞き慣れない声がした。

「え？」

聞き間違いかと思い、まじまじとカラスを見る。

「今、喋った？」

カラスが喋るわけない。けれど――。

（使い魔だから、喋れるの？）

目の前の黒いカラスが、得体の知れないものに見えた。

カラスはヴァレリアが筒を受け取ったのを見届けると、バサリと羽を広げて飛び立つ。その後ろ姿を、ヴァレリアは呆然と見送った。

(どうしてこんなことになってしまったの?)

ヴァレリアは混乱しながらも、筒を開く。中には小瓶と手紙が入っていた。

＊＊＊

親愛なるヴァレリア
ダナース国ではいかがお過ごしかしら?
あなたが抱える全てのことが上手くいくことを祈っているわ。
オハンナ

＊＊＊

読んだ瞬間に、恐怖心が湧き起こる。

たったこれだけの文面。百人がこれを読んだら百人共が妹の初外遊を心配した姉からの優しい気遣いの手紙。そう受け取るだろう。

けれど、実のところ、これは脅迫(きょうはく)だ。

私が頼んだことを忘れていないだろうな、という。

(どうすればいいの?)

ヴァレリアはぐしゃりと手紙を握り潰すと、小瓶を見つめる。

「これを食事に混ぜて、エリス国王に飲ませろって言っていた?」

小指ほどのサイズしかない小さな瓶は、透明の液体で満たされていた。

中身は確認するまでもなく、毒だろう。

シャルロットは、明日にもエリス国王がダナース国にやって来ると言っていた。

八方塞がりの状況に、どうすればいいのかわからない。

(そうだわ、シャルロット様に相談すれば力になってくださるかも)

そこまで考えて、ヴァレリアは首を振る。

――あなたの義母が、あなたの弟を殺そうとしています。わたくしは人質をとられて脅されています。どうすればいいですか?

（こんなこと、相談できないわ）

なんとも突拍子がなく、馬鹿げた相談だと思われても仕方がない内容だ。

今日、シャルロットはヴァレリアを城下に連れていき、親切に案内をしてくれた。ヴァレリアのドレスが破れたらそれを直し、魔法に興味があると知ったら色々と教えてくれるとお茶会までセッティングしてくれた。それなのに、ヴァレリアは『体調が悪い』の一言で拒絶したのだ。

（今更頼るなんて、虫がよすぎるわよね）

ちっとも考えが纏まらない。

何を選択しても、自分には悪い道しかないように思えた。

さらに悪いことに、ヴァレリアはオハンナに脅されたという証拠と言えるようなものを何も持っていなかった。

きっと、ヴァレリアが命じられたことを失敗して捕らえられたとしても、オハンナは知らぬ存ぜぬで貫き通すだろう。そして、ヴァレリアは姉であり他国の王太后であるオハンナを陥れ、自国に泥を塗った悪女として断罪されるのだ。

（もう、逃げ出してしまいたい……）

明日、エリス国王に会ってしまえば後戻りできなくなる気がした。

幸いにして侍女は席を外している。今なら抜け出してもばれないはずだ。

ヴァレリアはおずおずと部屋のドアを開けて、外の様子をそっと窺う。

「ヴァレリア王女、どうされましたか？　体調はもうよろしいのですか？」

ドアを開けた途端、部屋の外で警備を行っている騎士に声をかけられた。ヴァレリアはビクッと肩を揺らす。

「えっと……、体調はだいぶよくなったわ。ちょっと用事があって」

「お供します」

「いいえ、結構です！」

思わず強い調子で断ってしまい、騎士は驚いたように目を丸くした。

「あ、ごめんなさい。その、お手洗いに……」

「そうでございました。レディに大変失礼いたしました」

温和そうな騎士は申し訳なさそうに頭を下げる。

その様子を見て、胸にちくりと痛みを感じた。こんなに人のよさそうな人を、自分は騙そうとしている。

「すぐに戻るわ」

「はい。かしこまりました」

何日か滞在し、この王宮の大体の造りは理解している。

ヴァレリアは部屋を抜け出すと、足早に廊下を駆け抜けた。

「それで、いなくなったとはどういうことだ！」

ヴァレリアが滞在する部屋に、エディロンの怒声が響く。

「申し訳ございません。お手洗いに行きたいと仰ったので――」

エディロンの前に立つ、ヴァレリアの部屋の警備をしていた騎士は真っ青な顔をしていた。

「今、どういう状況だ？」

エディロンはセザールに問いかける。

「王宮内はくまなく捜しましたが、姿は見えません。王都騎士団の全団員に捜索の通達を出しました。現在城下を捜索中ですが、まだ見つかったという知らせは入っていません」

「馬車で王都を出る恐れは？」

「関所を封鎖する通達を早馬で出しました」

「では、王都から出る恐れはないな。だが、一刻も早く捜し出さねば」

エディロンは険しい表情だ。

話を聞いて駆けつけたシャルロットも青ざめる。まさか、ヴァレリアがいなくなるなんて、想像すらしていなかった。

「ルルとハールにも捜してもらっていますが、今のところいません」

シャルロットはエディロンに伝える。使い魔のルルとハールとは逐次やり取りをしているが、今のところヴァレリアを発見できていなかった。

(ヴァレリア様、どこにいらっしゃるの?)

シャルロットは窓の外を見る。

空は夕焼けに染まっていた。夜が近い。

「すぐにジョセフに知らせないと――」

「もう知らせてある。今、こちらに向かっているそうだ」

そう言ったのは、ガルだ。

「え?」

シャルロットは驚いて、部屋の片隅にいたガルを見る。

「あいつの近くにはリロがいるからな。いつでも話せる」

「そうなの⁉」

ガルにそんな能力があったなんて、全然知らなかった。驚くシャルロットに対し、ガルは「俺を誰だと思っている」と唸る。

「すごいわ！　さすが神竜ね」

「当然だ。ありがたく思え」

羽根つきトカゲの姿でふんぞり返るガルを見てシャルロットは苦笑する。けれど、ガルに助けてもらって助かったのは確かだ。

「目的地を定めずにうろうろしているとは考えにくい。どこに向かったんだ……」

エディロンが腕を組んだまま呟くのが聞こえた。

（目的地？）

シャルロットはこれまでのヴァレリアとのやり取りを考える。

土地勘のないヴァレリアが行きそうなところ――。

（もしかして、星？）

ヴァレリアはよく、星を見るのが好きだと言っていた。今日の馬車の中でのやり取りが、急に脳裏に蘇った。

「エディロン様。天文台ではないでしょうか？」

「天文台？」

「はい。ヴァレリア様は夜空を見上げて星を眺めるのがお好きだそうで、天文台にとても興味を持っていらっしゃったのです。その、確証はありませんが——」

「行ってみよう。セザール、お前はここで伝令の指示を」

「かしこまりました」

　セザールは頷く。

　いざ出発しようとしたそのとき、シャルロットは床に小さな紙切れが落ちているのに気付いた。

「これは何かしら？」

　拾い上げて見ると、達筆な文字で短い文章が書かれていた。

「これは、お義母様からヴァレリア様への手紙？」

　シャルロットは眉根を寄せる。手紙には【ダナース国ではいかがお過ごしかしら？あなたが抱える全てのことが上手くいくことを祈っているわ】とオハンナからヴァレリアへのメッセージが書かれていた。

　ただ単に激励の手紙に見えるが、シャルロットは強い違和感を覚えた。

オハンナは、ついこの間毛皮を燃やしてこの件には関わるなと脅してきたオリアン卿と繋がっている。そんな人が、こんな手紙を書くだろうか？

（どういうこと？）

考えあぐねいていたそのとき、ガルが前触れもなくシュッと窓に向かって飛び出す。

「ガル⁉」

シャルロットはガルの突然の行動に驚いて叫ぶ。

ここは三階だ。地面に真っ逆さまに落ちたのではないかと思い慌てて窓に駆け寄る。

「ガル！」

少し体を大きくしたガルは、空中で何か黒いものを咥えていた。それを咥えたまま、シャルロット達がいる部屋まで戻ってくる。

ガルはポイッと、咥えていたものを床に投げ捨てる。ドスンと床に落ちたものを、シャルロットは恐る恐る見た。

「これはカラス？」

「使い魔だ」

突然飛びかかられて気絶しているのか、カラスはびくともしない。

「使い魔って、一体誰の……」

そこまで言ってハッとする。

「もしかして、オリアン卿？」

使い魔を使ってシャルロット達の様子を窺うなど、オリアン卿の他に考えられない。

「シャルロット。使い魔の見聞きしたことを術者は共有できるのだったな？」

「はい、そうです」

そこまで言って、今手に持っている手紙を見返すと別の見え方がしてくる。

「もしかして、ヴァレリア様はお義母様に何かをするように脅されていた？」

「可能性は高いな。今の会話をその使い魔を通してオリアン卿が聞いていたとなると、すでに彼らはヴァレリア王女が失踪していることを知っている。彼らも彼女を捜して天文台に向かうかもしれない。急ごう」

エディロンは険しい表情で、上着を羽織る。

「はい！」

シャルロットはエディロンと共に、ヴァレリアが滞在する部屋を飛び出した。

ときは少し前に遡る。

発作的に王宮を飛び出したものの、ヴァレリアは途方に暮れていた。

「わたくし、これからどうすればいいのかしら……」

頼る人がいるわけでもなく、行く当てもない。お金も持っていないし、食べ物もない。

(やっぱり、王宮に戻るべき?)

後ろを向いて足を進めかけ、ヴァレリアは立ち止まる。

(戻ったところで、どうするの?)

既に、ヴァレリアがいなくなったことは気付かれて王宮は大騒ぎになっているだろう。

オハンナに脅されて、耐えきれずに逃げ出したと言う?

証拠もないのに、きっと誰も信じない。

(マリー、どこにいるの?)

母のように自分を可愛がってくれた、たったひとりの侍女の顔が浮かぶ。涙で視界が滲んだ。

ドンッと通行人にぶつかり、ヴァレリアはよろける。

「こんなところに突っ立ってるんじゃねえよ！　危ねえだろ！」

ヴァレリアにぶつかった男はすごい剣幕で怒鳴る。

しかし、ヴァレリアの顔を見るなりハッとしたように目の色を変えた。

「これは随分と――」

にたりと笑った男の手が伸びてきて、ヴァレリアは「ひっ！」と後ずさる。そのとき、目の前に黒い影が立った。

「僕の連れがどうかしたかな？」

「なんだ、お前は？」

ぶつかってきた男は、突然現れた第三者を見て不機嫌そうな声を出す。

「彼女の連れだよ。彼女がどうかした？」

ヴァレリアは驚き、目の前で男と話し始めた謎の人物を見る。

黒いフード付きケープのフードを頭から被っており、ヴァレリアから見えるのは真っ黒な後ろ姿だけだ。顔は見えないが、声から若い男だろうと想像できた。

「その女が道の真ん中で突っ立っているから、ぶつかったんだ。どうしてくれるんだ」

「そう、それは悪かったね。これで治療でもして」

黒いケープを着た男はポケットから何かを出すと、それを男に握らせる。男はそれを見て驚いたような顔をして、途端に上機嫌になった。

「随分と話のわかる兄ちゃんだな。ありがとよっ！」

鼻歌でも歌いそうな様子で立ち去ってゆく男を、ヴァレリアは呆然と見送った。

黒いケープを着た男性がくるりと振り返る。

「大丈夫？　怪我はない？」

「はい。助けていただき、ありがとうございます」

ヴァレリアは男性を見上げる。

（綺麗な目……）

こちらを見つめる瞳は、どこか既視感を覚えさせる美しい青色だった。

長身の男性は頭からすっぽりとフードを被っているせいで顔の全てはよく見えないけれど、すっきりとした鼻筋ときりっとした口元は彼がとても整った容姿をしていることを窺わせた。

「ところで、こんなところで何をしているの？」

「え？　えーっと」

男性から尋ねられて、ヴァレリアは言葉に詰まる。

王宮から抜け出してきたとは言い出せない。

「……気分転換に歩いていたの」

「散歩かな？」

「ええ、そうよ」

ヴァレリアはこくこくと頷く。

「じゃあ、僕もその気分転換に付き合おうかな」

男性はにこりと笑う。

ヴァレリアは呆気にとられた。

（初対面なのに、ついてくる？）

けれど、先ほど助けてくれたこの男性から悪意は感じられない。

「どこに行こうか？」

「本当についてくるつもりなの？」

「だめ？」

「別にいいけど」

ヴァレリアは口ごもる。知らない土地にひとりきりで心細かったので、誰かが近くにいてくれるのは心強かった。

「あなた、名前は？」

「きみの好きなように呼んでいいよ」

「秘密なの？」

男性は口元に弧を描く。

その仕草から、名前は秘密のようだとヴァレリアは悟る。

（……不思議な人）

ヴァレリアは改めてその男性を見る。頭から足下まですっぽりと黒いケープに包まれたその姿は、まるで小説の挿絵で見た魔法使いのようだった。

「うーん。じゃあ、マルコはどう？」

「マルコ？」

「わたくしの好きな小説の――」

「ああ、魔法使い」

マルコが相槌を打つ。

「知っているの？」

「知っているよ。大切な人の、大好きな話だから」

「……ふーん」

ヴァレリアの大好きな小説は、市井（しせい）でも大流行していた。自分以外にもファンがたくさんいるのはごく当然のことだ。

(大切な人って、誰なのかしら?)

家族? それとも、恋人?

会ってまだ十分くらいしか経っていないけれど、マルコの大切な人のことを少し羨ましく感じた。彼があまりにも優しい眼差しをするから。

「さてと。どこに行く?」

「えっと……」

改めて聞かれ、ヴァレリアは言葉に詰まる。そのとき、すっかり暗くなった空に星が瞬いていることに気付いた。

「星を見に——」

「星?」

「天文台があるって聞いたの」

「天文台か。いいね」

マルコはにこりと微笑むと、ケープの内側に声をかける。

「リロ、天文台の場所はわかる?」

「もちろん。西のほうの丘の上だよ」

「ありがとう」

ヴァレリアは驚いて目を見開く。

「中に誰か人がいるの？」

とてもそんな余裕がありそうには見えないけれど、今、確かに声がした。

「僕だよ！」

ひょっこりと顔を出したのは、銀色のトカゲだった。小さな羽根がついた、ヴァレリアは初めて見る種類だ。

「まあ！　もしかして、使い魔ね！」

ヴァレリアは声を上げる。

トカゲが喋るなんて、使い魔としか思えない。

使い魔がいるということは、マルコは魔法使いだ。ケープ姿が魔法使いを彷彿とさせるとは思っていたが、実際に魔法使いだと知り興奮もひとしおだ。

「使い魔ぁ？」

トカゲが気の抜けた声を上げる。

（何か間違ってしまったかしら？）

ヴァレリアがおどおどすると、マルコはくくっと笑う。

「じゃあ使い魔のリロくん。案内してくれる？」

「仕方ないなー」

リロと呼ばれた使い魔は、ふて腐れたような声を上げた。

ヴァレリアはマルコに案内されて、天文台へと向かう。また誰かにぶつからないように と繋がれた手が、温かい。

（誰かと手を繋ぐのなんて、いつ以来かしら？）

きっと、小さなときに侍女のマリーと繋いで以来だ。

「どうしてマルコは案内してくれるの？」

「ヴァレリアが行きたいって言ったから」

マルコの返事を聞き、ヴァレリアはおやっと思う。名前を教えていないのに、マル コはヴァレリアと呼んだ。

（魔法使いって、名前もわかっちゃうのかしら？）

マルコには不思議なことがいっぱいだ。

「ここだよ」

緩やかな傾斜を登りきったところで、リロが声を上げる。そこには、高い塔が建っ ていた。塔の入り口のドアは閉ざされている。

「開いているかな？」

マルコはためらうことなく、ドアノブに手をかける。カチャリと音がして、ドアはすんなりと開いた。

マルコは振り返り、ヴァレリアに手を差し出す。

「上ろうか」

塔は五階建てだった。屋上は天体観測しやすいように屋根が一部しかなく、壁もとても低く開けていた。

中央には望遠鏡を置くための台座が付いているが、残念ながら今は望遠鏡が外されている。

「望遠鏡、ないね。残念」

「ううん。これだけで十分よ」

ヴァレリアは両手を広げる。頭上には満天の星が広がっていた。

「あ、流れ星だわ」

夜空に一筋の光が見え、ヴァレリアは声を上げる。

「流れ星って、願いを込めると叶うんですって。でも、いつも流れるのが早すぎて、願いごとを言う暇がないわ」

「じゃあ、願いごとは僕が叶えてあげるよ」

「え？」

ヴァレリアは隣にいるマルコを見上げる。

「きみの願いは全部僕が叶えてあげるし、きみのことは僕が助ける」

「それって――」

どういう意味？

まるで物語の王子様のような台詞に、どぎまぎする。

「じゃあ、わたくしもマルコの願いを叶えてあげないとね」

「叶えてくれる？」

「ええ。わたくしにできることなら」

「きみにしかできないことがあるんだ」

「わたくしにしかできないこと？　何かしら？」

ヴァレリアは興味を持って、マルコに聞き返す。

「僕と結婚してほしい」

「え？」

予想だにしなかった願いごとで、ヴァレリアは驚いてマルコを見返す。

「今さっき会ったばかりなのに？」

「今さっき会ったばかりの人と結婚を決めることも、あるだろう？」

ヴァレリアは考える。

王族であるヴァレリアの姉妹達は、結婚相手に一度も会うことなく結婚が決まる人もいた。中には、結婚式が初対面の場合もある。だから、マルコの言うことは一理ある。

「それにしても、突然すぎない？　わたくし、あなたの名前も知らないわ」

「僕はずっと前から、きみと結婚するって決めていたけど」

「え？」

今さっき初めて会ったのに、ずっと前から決めていた？

ヴァレリアはマルコの真意を図りかねた。

そのとき、コツンコツンと床に靴底が当たる音が聞こえてきた。

（誰か来た？）

マルコの肩越しに階段のほうを見たヴァレリアは、次の瞬間息を呑む。ここにいるはずのない人を見つけたから。

「ヴァレリア。捜したわ」

「お姉様。なんでここに……」

そこには、シセル国にいるはずのオハンナがいた。背後には、見たことのない男性が立っている。長身で痩せ型、頬が痩けていて、どこか陰鬱な印象の男性だ。

「なんで、ですって？　大事な妹が行方不明になったのですもの。捜して当然でしょう？」

「だって、シセル国にいるはずじゃ」

「あら。前に言ったでしょう？　エリス国は魔法の国。何が起こるかわからないと」

「でも――」

オハンナはヴァレリアの姉であり、シセル国出身。いくらエリス国に嫁ごうと、魔法は使えないはずだ。

そのとき、背後の男に目が行く。マルコ同様に、黒いケープを着ている。

（あの男の人が、魔法使いなのね？）

となると、これまでカラスの使い魔でヴァレリアとやり取りしたり、あの毒の小瓶を送りつけてきたりしたのもこの男だろう。

「小瓶はどうしたの？　役目はしっかり果たさないとだめじゃない」

オハンナは悩ましげにそう言うと、ヴァレリアを見る。

「わたくし、やらないって言ったわ！」

ヴァレリアは勇気を振り絞り、抗議する。

「あら、そんなこと言っていいの？」

「わたくしが小瓶を捨てれば、お姉様の企みは成し遂げられないわ」

「馬鹿ね。あの薬は魔法の仕掛けをしてあるの。一週間以内にエリス国王にあれを飲ませないと、あなたの大事な侍女は死ぬ」

「え？」

頭が真っ白になる。

魔法の仕掛け？　そんなの、想像すらしていなかった。

「嘘よ……」

声が震える。それに気付いたのか、オハンナは小馬鹿にしたような笑みを浮かべた。

「嘘じゃないわ。まあ、試してみてもわたくしは一向に構わないけど。次の手を考えるだけだわ」

「……なんでそんなことするの？」

両目から涙が溢れる。

「なんで？　邪魔だからに決まっているでしょう」

オハンナが右手を上げる。バシンという音がして、頬に痛みが走った。

ひっぱたかれた衝撃で、ヴァレリアの体は倒れる。その拍子に、ポケットに入れていた小瓶がころころと転がり落ちた。

「あら。ちゃんと持っているじゃない」

ころころと転がった小瓶は、マルコの足に当たって止まった。マルコは無言でそれを拾い上げる。

「これをエリス国王に？　中身は毒かな？」

マルコは小瓶を指先で摘まみ、中をまじまじと眺める。

「この国に来てまだ数日なのにもう男を見つけるなんて、さすが母親譲りの淫乱ね。本当に、誰かさんにそっくり」

オハンナはマルコを見ると、眉を顰める。

「なんなら、あなたが下男として城に潜り込んで実行してもいいのよ？　特別に調合した魔法の毒薬よ」

「なるほど」

マルコは頷く。そして、小瓶を手に持ったまま、じっと見つめた。数秒間の沈黙ののち、マルコは口を開いた。

「では、そうさせていただこうかな」

ヴァレリアは大きく目を見開く。

マルコが瓶の蓋を開け、それを一気に飲み干したのだ。

「マルコ、だめっ！」

「ちょっと、何をするの！」

オハンナもマルコの突然の行動に、目を見開いた。

「全部飲み干しました。これで侍女殿にかかった魔法は解けたかな？　義母上」

マルコが小瓶を投げ捨て、フードを取る。夜でもわかる、煌めく金髪が露わになった。

「……っ、ジョセフ。なんであなたがここに……」

オハンナは驚愕で益々目を大きく見開く。

（ジョセフ？　ジョセフってエリス国王の？　じゃあ、マルコは——）

ヴァレリアも呆然としてマルコ改めジョセフを見上げる。

「なんで？　それはヴァレリアが王宮からいなくなったと聞き、居ても立ってもいられなくなったからです」

「どうして死なないのよっ！」

オハンナが取り乱したように叫ぶ。

「魔法の薬は所詮、魔法なんですよ。製作者より強い魔法使いなら、簡単に解呪できる」

「オリアンはエリス国一、いいえ、世界一の魔法使いよっ！」

マルコ改めジョセフを、オハンナはキッと睨みつけた。

「ちょっとー、それいつの話？　神竜の僕がついているんだから、今はジョセフが一番に決まっているでしょ」

リロがひょこんと出てきて、むくれたように抗議する。

「そんな馬鹿な……」

オハンナは一歩後ずさる。しかし、すぐに険しい表情に変わるとジョセフに飛びかかった。

「あなたさえいなければ、上手くいくのよ！　こんなことなら、子供の頃にさっさと殺しておけばよかった」

激高するオハンナがジョセフに掴みかかり、ふたりはもみ合いになった。

「やめて！」

ヴァレリアが止めようとしたそのとき、もみ合うオハンナの体がヴァレリアにぶつかった。反動で、ヴァレリアの体は後ろに傾く。

（え？）

ヴァレリアは目を見開く。

低い塀を乗り越えて体が空中に投げ出されたのがわかったが、最早どうすることもできなかった。

◇◇◇

馬で天文台に駆けつけたシャルロットは、塔の上を見て息を呑む。

「上に人がいるわ！」

エディロンも上を見る。

「あれは、ヴァレリア王女か？　他にも何人かいるな」

「ヴァレリア様！」

シャルロットは大きな声で叫ぶ。しかし、その声はヴァレリアの耳に届いていないようだった。

「すぐに上がってあの者達を捕らえるぞ！」

エディロンが叫ぶ。

「はい!」

エディロンとダナース国の騎士達は一斉に塔を駆け上がる。

一方、上を見つめたまま立ち尽くしていたシャルロットはヒュッと息を呑む。塔の上で取っ組み合いが始まったのだ。

次の瞬間、ヴァレリアの体がぐらりと傾いた。

（嘘っ！）

ヴァレリアの体が塔の上から外に投げ出されるのがスローモーションのように見えた。

「ヴァレリア様！」

シャルロットは悲鳴を上げる。

黄色いドレスが月明かりを浴びて、まるで金色に見えた。その金色のドレスを纏ったヴァレリアが空中を落ちてゆく。

助けなければ。そう思うのに、咄嗟のことで何もできない。

（もうだめだわ）

そう思ったとき、ひゅんっと何かが地上すれすれを横切り、再び空に舞い上がる。

月明かりを浴びて銀色に輝くのは神々しい竜だ。

(あれは……リロ?)

シャルロットは目を凝らす。あの竜は間違いない、ジョセフの神竜――リロだ。そして、その背中にはヴァレリアを抱きかかえるジョセフが乗っていた。

「ジョセフ! リロ!」

大空に向かって叫ぶと、「大丈夫」と言うようにジョセフの片手が上がるのが見えた。

(よかった……)

シャルロットはほっと胸を撫で下ろす。

一方の塔の上では、エディロンとオリアン卿が睨み合っていた。オリアン卿はオハンナを背後に庇うように立っている。

「こんな真似をしてどうする、オリアン卿。あのままエリス国の牢獄にいれば、命だけは助かったのに」

エディロンはその男、オリアン卿に向かって問いかけた。

「黙れ! オハンナ様こそがエリス国の正当な継承者だ。私を次の王にしてくださると仰った」

「馬鹿な。罪人の魔法使いなど議会が承認するわけがないだろう。それに、前エリス国王は健在だ」

「黙れ！　そんなことは、どうにでもできる！」

オリアン卿は憤り、怒鳴り声を上げると、こちらに手を伸ばそうとする。

エディロンは咄嗟に、腰に佩いている剣を抜く。

次の瞬間に辺りに響いたのは「ぎゃああ！」という悲鳴だった。

「シャルロットの幸せを害する者は誰であっても容赦しない」

凍てついた声でそう言ったエディロンが手に持つ剣は、真っ赤な血に濡れていた。

「なんてことだ、私の腕が……。助けて、見逃してくれ――」

痛みにのたうち回るオリアン卿は、縋るような目をしてエディロンを見上げる。

「残念だが、見逃すことはできない。捕らえろ」

エディロンの命令で、血まみれのオリアン卿が捕らえられた。

最後に残ったオハンナは驚愕の表情でこちらを見つめる。

「わたくしはあの男に脅されたのよ。仕方なくここに――」

「言いたいことはそれだけか？」

エディロンが冷ややかな声で聞くと、オハンナはキッとエディロンを睨みつけた。

「わたくしを斬る気？　シセル国と戦争になるわよ」

「そっちから仕掛けてきたんだろう。悪いが、俺はジョセフほど優しくない。ここは俺の国だ」

エディロンが剣を握る。

「言ったはずだ。シャルロットの幸せを壊すやつは、誰であっても容赦しない」

エディロンの本気を悟ったのか、オハンナは「ひぃっ」と悲鳴を漏らす。

剣を振り下ろそうとしたそのとき、「エディロン様、だめ！」と背後から叫び声がした。

階段を駆け上がってきたシャルロットが、エディロンの腕にしがみつく。

「エディロン様が手にかけるまでもない人です」

エディロンはオハンナを鋭い目つきで見る。オハンナは腰を抜かし、目を見開いたまま小刻みに震えていた。

かつてはエリス国で栄華を誇っていたであろう彼女が権力に異様に固執する様が、逆に哀れに見えた。

「命拾いしたな。捕らえろ」

エディロンは吐き捨てるように、背後にいる部下達に命じる。

「離しなさい！　無礼者！　わたくしはエリス国の――」

オハンナの罵声が夜の塔に響き渡った。

気付いたら、目の前に広がっていたのは満天の星だった。

（綺麗……）

寝そべったまま薄らと目を開けて、ヴァレリアはその星空を眺める。

（魔法使いの王子様は、魔法で星の花を咲かせるのよね）

ヴァレリアは瞬く星に手を伸ばす。指先がちょうど重なったときに、パチンとはじけて花のように舞った。

ヴァレリアは目を瞬く。

（これは夢……？）

おとぎ話の出来事が、現実に起こるなんて。

意識がはっきりするにつれ、先ほどまでの記憶がぼんやりと蘇る。

（そうだわ、わたくし……）

ヴァレリアはダナース国の王宮を脱走して向かった天文台でオハンナと連れの魔法使いに遭遇し、塔から落ちたのだ。

「目が覚めた？　痛いところはない？」

頭上から優しい声がした。

「え……？」

「さっきの魔法、びっくりした？　ヴァレリアが喜ぶかと思って、ずっと練習していたんだ」

ヴァレリアは視線だけを移動させる。逆さまに映る顔は、ジョセフだった。

（なんでジョセフ様が？　練習ってなんのことかしら？）

ヴァレリアはまだはっきりしない頭で考える。

「そっか。わたくし、死んじゃったのね？」

塔から落ちたのにちっとも痛くないし、おとぎ話の出来事が現実に起こったりするし、目の前にはジョセフがいるし。

そうに違いないとヴァレリアは結論づける。

ジョセフは目を瞬かせ、ふっと微笑みを浮かべた。

「きみに死なれたら困るな。僕はもう一度、人生をやり直ししなきゃいけなくなる」

「え？　現実？」

ヴァレリアはびっくりして上半身を起こす。反動でふらついた上半身を、ジョセフが抱き寄せた。

「危ないよ。落ちないようにね」

ちょうど目に入った城下には、明かりが灯った夜の町が広がっていた。その景色が、ゆったりと移動してゆく。

（え？　ここ、竜の背中？）

すぐ近くに、立派な竜の首の後ろ姿や大きな翼が見えた。

エリス国王のジョセフが神竜の加護を受けているのは有名な話だ。となるとここは神竜の背中なのだろうかとヴァレリアは驚く。

けれど、何よりも驚いたのは、塔から落ちたはずの自分がジョセフといることだった。

「マルコはジョセフ陛下なの？」

「そうだよ。秘密にしていて、ごめんね」

ジョセフはにこっと笑う。

「なんでわたくしを助けてくれたの？」

「なんで？　僕は、きみを助けるって約束しただろう？」

ジョセフは両手でヴァレリアの手を包み込むように握りしめる。

「ヴァレリア、もう一度言う。僕と結婚してほしい。きみに、エリス国の王妃になってほしいんだ」

ヴァレリアは信じられない思いで、ジョセフを見返した。

「本気ですか？　わたくしなど――」

ヴァレリアはシセル国の王女だけれど、ひとりだけ後ろ盾がなく浮いた存在だ。自分と結婚しても、ジョセフにはなんのメリットもないように思えた。

「わたくしなど、なんて言わないで。きみじゃないと、意味がない。もう、ずっと長いことときみが好きだった。きみが思うより、ずっとずっと長い間だ」

ヴァレリアにはジョセフのその言葉の意味がよくわからなかった。

けれど、彼がとても真摯に言葉を重ねてくれていることだけはわかった。

「きみを愛しているんだ」

囁かれた言葉は、これまで聞いたどの言葉よりも心地よく耳に響いた。

「本当に、わたくしを幸せにしてくれるの？」

ジョセフはヴァレリアに、願いを叶えてあげると言った。

ヴァレリアの質問に、ジョセフはふっと微笑むとコツンとおでこを合わせる。

「もちろんだ。生涯をかけて、今度こそきみを幸せにする」

ふたりの距離がさらに縮まり、唇が重なった。

ヴァレリアがシセル国に帰国してからひと月が過ぎた。

この一カ月ほど、事件の後処理でエディロンもシャルロットも怒濤の忙しさだった。

一度目はシセル国側に罪を伏せていたオハンナの件も、二度目ともなるとそういうわけにはいかない。シセル国にはエリス国とダナース国から一連の騒動についてきっちりと説明がされた。

『なんということだ。どう申し訳すればいいか――』

実質的にシセル国の国王となっているクラウディオは、事の顛末を聞き真っ青な顔で謝罪をしてきた。

オハンナ妃が行ったことは全て彼女が個人で企んだことで、シセル国は国としては全く関与していない。それに、オハンナはエリス国に嫁いだ身。

結局、エリス国、ダナース国、シセル国の三国協議によりオハンナの処遇はエリス国側に一任されることになり、これから裁判が始まる。

「お義母様はどうなるのでしょう？」

「エリス国の法律に則って裁かれるだろうな」

エディロンはそこで、口を噤む。

「そうですね」

シャルロットは複雑な思いで相槌を打った。

これだけのことをしでかしたのだ。オハンナが死刑を免れるのは難しいだろう。

そして、オハンナの右腕として彼女を支え続けていたオリアン卿は、エディロンに斬られた傷口から感染症にかかり、敢えなくなった。病床で最後までオハンナの名前を呼んでいたが、オハンナが彼に会いに行くことは、とうとうなかったという。

なんとも、苦々しい結末だ。

「そういえば、リゼットも見つかったそうです。ジョセフから手紙が来ました」

「どこにいたんだ？」

「どうも、評判のよくない貴族の主催する違法賭博と薬物のパーティーが摘発された現場にいたようでして——。修道院に行くことが決まったそうですわ」

シャルロットは、はあっと息を吐く。

母親のオハンナがあのようなことになり、フリードとリゼットはエリス国に引き取られた。しかし、リゼットはその直後から頻繁に逃亡癖が見られるようになり、今回の事件では違法薬物の容疑者と一緒に逮捕されるという醜聞を晒した。

さすがのジョセフも堪忍袋の緒が切れたのだろう。

ちょうどそのタイミングで、パタパタと羽ばたく音がして文鳥が現れる。

「ヴァレリアから手紙よ」

ハールはシャルロットのそばにあるテーブルに止まる。

「ありがとう、ハール」

シャルロットはハールに付いている筒を外し、中を見る。

書かれていた文字を視線で追い、顔を綻ばせた。

「なんて書いてあったんだ?」

横に座るエディロンがシャルロットに尋ねる。

「あの事件の影響もあって結婚式はまだまだ先のようですが、先に婚約だけする方向で話が進んでいると。今はジョセフと、使い魔のグールを通じて手紙をやりとりしているそうです。それに、事件でショックを受けて休暇を取っていた侍女のマリーさんもすっかり元気になったそうですよ」

「そうか。よかったな」

エディロンは目を細める。

(ジョセフも幸せになれそうで、本当によかった……)

シャルロットはパチパチと燃える暖炉(だんろ)の炎を見つめ、ジョセフとヴァレリアの幸せを祈りながら無意識にお腹を摩る。

「シャルロット。また胃腸の調子が悪いのか?」

それに気付いたエディロンは心配そうにシャルロットの顔を覗き込む。

一カ月ほど前から始まったシャルロットの胸焼け、胃もたれ、吐き気の症状が一向に治まらないので、ずっと心配しているのだ。

「今日の午前中の医師の診察はどうだった?」

「……エディロン様。実はその件で、お話があるのです」

シャルロットは、姿勢を正すとエディロンを見つめる。

その改まった態度に、エディロンは顔を強張らせた。その金色の瞳には、不安の色が見えた。

「実は……わたくし、赤ちゃんができたようです」

「え？」

「お医者様が、お腹に赤ちゃんがいると」

エディロンは瞠目し、次に破顔した。

「本当か？　俺達の子供が？」

興奮したようにそう言うと、エディロンは立ち上がる。目の前のソファーに座るシャルロットを両腕で抱き上げると、そのままソファーに座る。

「エディロン様⁉」

突然膝に乗せられて、シャルロットは驚く。

そんなシャルロットの動揺を全く意に介さぬ様子で、エディロンは満面に笑みを浮かべてシャルロットのお腹に手を当てた。

「ここに俺達の子供がいるんだな？　シャルロット、ありがとう」

まるで子供のような笑顔を見せて喜ぶエディロンを見つめ、シャルロットは相好を崩す。

（すごく喜んでくださっているわ）

夢に見た幸せが、確かにここにあった。

◆八、幸せな未来

優しい風が吹き、ピンク色の花びらがふわりと舞う。

それは、ひらひらとシャルロットの頭上に舞い落ちた。

「シャルロット。髪に花びらが。取ってやる」

「ありがとうございます」

エディロンはシャルロットの髪にくっついたアーモンドの花びらを取ると、それを手のひらにのせる。また風が吹き、手のひらにのっていた花びらはひらひらと舞った。

今日はエディロンと一緒に、王宮近くに花見に来ている。散歩道の両側には、アーモンドの花が咲いていた。

「アーモンドの花を見ると、エディロン様に思いを打ち明けられたあの日を思い出します」

シャルロットはピンク色に染まる頭上の花を見上げ、目を細める。

あのときはまだエディロンと結婚すると死んでしまうと信じ込んでいて、愛しているというエディロンからの告白に素直に答えられなかった。必死に自分の気持ちに蓋をしていたのを覚えている。

「もう二年か。早いものだな」

エディロンもアーモンドの花を見上げ、目を細める。

「シャルロットのその髪飾りの花は、アーモンドなのだな」

「え？」

シャルロットは自分の髪についている髪飾りに触れる。

母から贈られた金細工の髪飾りはシャルロットの魔法が完成した際に花開いた。蕾のときはわからなかったけれど、五枚の花弁の花はアーモンドによく似ていた。

（お母様は、ここまで予想していたのかしら？）

真相はわからないけれど、偶然でもこの髪飾りの花がふたりの思い出の花であるアーモンドの花に似ていることはとても嬉しかった。

「ジョセフの花もアーモンドなのかしら？」

「さあ？　ジョセフ殿の剣の柄には、花の蕾が刻印されているように見えなかったが」

「そうなんですよね」

シャルロットは頷く。

ジョセフの剣の柄は何度も見たことがあるが、シンプルな無地だったと記憶している。エディロンが言うとおり、花の蕾が刻印されているようには見えなかった。

だが、ジョセフが『四度目に咲いた魔法の花が咲かない』と言っていたのだから何かしらの花が咲くのだろう。

「まだ咲いていないそうですが、きっと今度こそ咲くはずですから見せてもらいましょう」

「そうだな。……そろそろ時間だ。王宮に戻ろうか」

「はい」

シャルロットは頷く。

今日はこれから王宮に戻り、ガルの背中に乗せてもらってエリス国に向かう。ジョセフとヴァレリアの婚約式にゲストとして参列するためだ。

「馬車まで、抱いていこう」

「それはやめてください。目立ちすぎます！」

シャルロットは慌てて首をぶんぶんと横に振る。

エディロンは元々シャルロットを甘やかす傾向があったが、妊娠が発覚してからは特に酷い。シャルロットが疲れるのではないか、バランスを崩して怪我をしないかと心配して、すぐに抱き上げようとする。

「皆花を見ていて、俺達のことなど見ていない」

「そういう風に思っていても、意外と見られているものです。この前、たまたま王宮にいらしていたダムール侯爵夫人に見られていたようで、次のお茶会で言われてとても恥ずかしくて……絶対にだめです！」

シャルロットはぴしゃりと断る。

「……そうか」

（うっ！）

いつも凛々しい態度のエディロンがシュンとして落ち込んでいるように見えるのは気のせいだろうか。子犬とはほど遠い見た目をしているのに、なぜか垂れた耳の幻覚が見える気がする。

「でも、少しだけなら――きゃっ！」

最後まで言う前に、シャルロットの体はエディロンに抱き上げられて宙に浮く。

「エディロン様！　わざと落ち込んだふりをしましたね」

シャルロットは頬を膨らませる。

「許せ。あなたのことが大切で、心配で、愛しくて、少しでも世話を焼きたくてたまらないんだ」

囁かれるように言われ、こめかみにキスをされる。

「もうっ！」

そんな風に言われると、シャルロットは何も言えなくなってしまう。

「そこの開けたところに出るまでですよ」

「わかっている」

エディロンの足取りは軽やかだ。

シャルロットは前を向いて歩くエディロンの横顔を見つめる。

高い鼻梁に凛々しい目元、男らしい喉元。もう何度も見ている横顔なのに、シャルロットの心は未だにキュンと締めつけられる。

「どうかしたか？」

こっそり見つめていることに気付かれてしまったようだ。エディロンがシャルロットのほうを見て、にこりと微笑む。

「なんでもありません」

「そう？」

エディロンは首を横に傾げる。

（秘密です）

シャルロットは気恥ずかしさから目を逸らす。

一緒に過ごせば過ごすほど、どんどんエディロンを好きになる。これ以上好きになんてなれないと思うのに、さらにそれを上回ってシャルロットを魅了するのだからたちが悪い。

「エディロン様はずるいです」

「なぜ？」

「どんどんわたくしばっかり好きにさせます」

エディロンは驚いたように目を見開く。そして、くくっと楽しげに笑った。

「それは心外だ。そんなことを言われるなんて、俺もまだまだらしい」

エディロンはそう言うと、シャルロットを見つめる。

「俺がどれだけあなたを愛しているか、今以上にわからせないと。覚悟しておくといい」

「えっ？」

シャルロットは動揺して顔を赤くする。今でも十分に伝わってくるというのに、これ以上どう覚悟すればいいのかわからない。

頬を赤らめるシャルロット頬をエディロンが愛しげに見つめる。

優しく唇が触れ合い、重なる。どちらからともなく、それはすぐに深いものに変わった。

「自分でもどうしようもないくらい、あなたを愛している」

キスの合間に囁かれる言葉が、心地よく鼓膜を揺らす。

穏やかな風が吹き、ピンク色の花びらがふたりを包み込むように舞い散った。

エリス国は喜びに湧いていた。

神竜を従えた若き国王が、隣国シセル国の美しき姫君と正式に婚約するための式典が開催されるのだから。

この婚約式を経て、ふたりの結婚式はちょうど一年後の予定だ。

シャルロットはエディロンと共に、大聖堂の最前列に座る。ふと横を見ると、黒髪の可愛らしい少年がいた。

「ご無沙汰しております、エディロン陛下、姉上」

はっきりとした口調で、少年が挨拶をする。

「まあ、フリード。久しぶりね」

シャルロットは盛装したフリードに微笑みかける。

あの一件のあと、ジョセフはフリードを自分の近くにおいて可愛がっているようだった。なんの非もないままに周囲に翻弄される年の離れた弟を哀れに思う気持ちもあるのだろう。

十二歳になったフリードは、以前の幼さがだいぶ抜けて身長も十センチ近く伸びたように見える。

ジョセフによると、フリードはとても素直に周囲の人々の言うことを聞き、学校での成績も優秀だという。

「今、どう過ごしているの？」

シャルロットはフリードに尋ねる。

「兄上のご配慮で、学校に通って学ばせていただいております」

「そう。学校は楽しい？」

「はい。国際関係の授業が特に好きです」

フリードははにかんだ。

「そうか。いつかダナース国にも学びに来るといい」

シャルロットの横にいるエディロンがフリードに話しかける。

「よろしいのですか？」

フリードは驚いた様子だ。まさか、この場で自分が留学に誘ってもらえるとは思っていなかったのだろう。

「もちろんだ。歓迎する」

フリードはそれを聞き、嬉しそうに笑う。

「いつか本当に留学できるように、頑張ります」

シャルロットはそんなフリードを見て、笑みを深める。

そう遠くない未来、有能な臣下となってジョセフを支えるフリードの姿が目に浮かんだ。

大聖堂の扉が開かれ、ドレスに身を包んだヴァレリアがクラウディオと共に現れる。

ヴァレリアのドレスはどこかジョセフの瞳を思わせるような青色だった。幾重にもドレープが重なった、豪華なものだ。

緊張の面持ちで祭壇の前に立っていた黒のフロックコート姿のジョセフは、ヴァレリアを見ると表情を和らげた。

祭壇の前まで歩み寄ったヴァレリアに、ジョセフが微笑みかける。

目が合ったヴァレリアの口元が綻ぶのが、遠目にもわかった。

（お幸せに……）

シャルロットはふたりに対して、惜しみない拍手を送った。

婚約式が終わったあと、シャルロットは滞在する王宮内の部屋からベランダに出ると、外を眺めた。

ベランダからは、夜の庭園にぽつりぽつりと魔法の光が灯された幻想的な景色が見える。

「シャルロット。体が冷えるとよくないから中に入ったらどうだ？」

背後のガラス扉が開き、エディロンが声をかけてくる。

「ジョセフに、今夜は絶対に外を見ていてと言われました」

「どうしてだろう？」

「見せたいものがあると」

「見せたいもの？」

エディロンが首を傾げたそのとき、どこかでパーンと大きな音がした。エディロンとシャルロットはハッとしてそちらを見る。

夜空には大輪の花が咲いていた。

「花火？」

エディロンが驚いたように夜空を見上げる。

「そうですね。綺麗」

シャルロットも微笑みを浮かべて夜空を見上げた。

一際強い煌めきが舞い上がり、夜空の星と重なる。その煌めきははじけて、鮮やかな色合いの花を作り出した。

「もしかして、ジョセフが見せたかったものって花火かしら？」

そのとき、明らかに花火とは違う光が舞い上がった。

シャルロットはそれを見て、息を呑む。

一際煌めく光は遥か上空まで昇ると、一気に周囲に広がる。黒い絹布に撒かれた宝石のようにキラキラした粒子はそのまま徐々に形を変え、大きな花を咲かせた。

「これは花火ではないな。魔法か？」

エディロンが空を見上げて呟く。

「ええ、そうですね」

そのとき、ピンときた。

「魔法の花？　もしかして……」

シャルロットはふと思い出す。ヴァレリアが大好きな小説の話に、星の花のお話が出てきたことを。

ずっと、剣の柄に花の紋章が現れるのだとばかり思っていた。けれど、思い返せばジョセフは『剣の柄が光り、魔法の花が咲いた』としか言っていない。

「これが、ジョセフの魔法の花？」

いつまでも夜空で煌めくその花は、言葉では言い表せないほど美しかった。

（ということは、わたくしとジョセフそれぞれの花が、両方咲いた？）

夜空を彩る花がまだ消えぬうちに、また光が上がる。空高く舞い上がると、弾けて夜空に舞い散る。一瞬ののちに、それらの全てが弾けて満天の花が咲いた。

周囲の部屋からも次々と人が出てきて、「わあっ」と歓声が上がった。

「咲いたな」

「ええ、咲きました。本当に綺麗です」

これは母から我が子へのお祝いなのだと悟り、シャルロットは涙ぐむ。

「ああ、夜空を眺めるシャルロットも綺麗だ」

「エディロン様？」

「俺と、幸せになろう」

エディロンはシャルロットを見つめる。

まるでプロポーズのやり直しのような言葉に、胸が熱くなった。

「はい」

大好きな人が側にいて、こんなにも愛してくれる。

シャルロットはその幸せを噛みしめながら、そっとお腹を撫でた。


〈了〉

特別書き下ろし番外編

◆後日談（一）　エディロン、子煩悩パパになる

ジョセフの婚約式から数カ月が経ったこの日、エディロンはいつになく落ち着きを失っていた。

「まだだろうか」

「陛下、そんなに早く生まれるわけがないでしょう。さっきから三分しか経っていません」

セザールの鋭い指摘に、エディロンは「うっ」と言葉を詰まらせる。

シャルロットが腹部の周期的な痛みを訴えてお産の準備が始まったのは昨夜のこと。

しばらくはエディロンが付き添って手を握っていたのだが、シャルロットの痛みが進むにつれて「この痛がり方は異常ではないのか？」「あと何時間かかるのか？」と医師にしつこく聞き、気が散るからと外に出されたのだ。

（こんなに時間の経過が長く感じるのは初めてだ）

エディロンは椅子に座り、膝に肘をつくと両手を額に当てる。シャルロットの状況がわからず、心配でならない。

どれくらい経っただろう。

おそらく数時間なのだが、エディロンにとっては永遠とも言えるような時間が経過したのちに、お産に立ち会った医師のひとりがエディロンの部屋を訪れた。

「陛下。シャルロット様ですが、つい先ほどお産を済まされました」

「シャルロットと子供は無事か！」

「はい。ただ——」

医師が口ごもる。

エディロンはその様子を見て、何か予想外のことが起きたのだと悟った。咄嗟に、執務室を飛び出す。

「陛下っ！」

呼び止めようとするセザールの声が聞こえたが、エディロンはそれを無視してシャルロットのいる部屋へと向かった。

今はただ、シャルロットの、そしてまだ見ぬ我が子の無事をこの目で確認したかったのだ。

廊下の先にあるシャルロットの部屋が何やら騒がしい。「どうする」とか「早く手配を」という声がドア越しに漏れ聞こえてきた。

（まさか、シャルロットに何かが……）

どんな敵が来ようとも冷静さを失わずに迎え撃てる自信があるのに、シャルロットに何かがあったのかもしれないと思うと激しく動揺する自分がいる。

「シャルロット！」

エディロンはバシンとドアを開け放つ。

たくさんのお産関係者の合間から、奥のベッドにいるシャルロットの姿が見えた。クッションを背中に入れ、上半身を起こしている。

「エディロン様？」

エディロンの突然の登場に少し驚いたような表情を見せたシャルロットは、心なしか疲れているように見えた。しかし、見る限りは元気そうだ。

エディロンはまっすぐにシャルロットの元に歩み寄る。

「よかった。無事だったか……」

ほっとして肩の力がどっと抜ける。エディロンはシャルロットの手を握りしめる。

「で、子供は……」

エディロンは部屋を見回し、ちょうど沐浴をしている赤ん坊に目を奪われる。なぜなら、そこには──。

「……双子？」

「はい。実はそうなんです」

シャルロットはおずおずとエディロンを見上げる。

「わたくしも、びっくりしました」

エディロンはようやく皆が慌てていたわけを理解した。

生まれてくる子供はひとりだと思ってひとり分の準備しかしていなかったので、双子とわかって慌てて洋服やベッドなどの手配に奔走（ほんそう）していたのだ。

「双子……。そうか、双子か……」

「はい。とても可愛いですよ」

医師がおくるみに包まれた生まれたての赤ん坊達を、エディロンに差し出す。

「ああ、愛らしいな」

片方の赤ん坊のこちらを見つめる金色の瞳はエディロンと同じだが、淡いピンク色の髪はシャルロット譲りだ。大きな目の、可愛らしい女の子だった。

「もうひとりは……」

「こちらでございますよ。元気な男の子です」

別の医師が、抱いている赤ん坊をエディロンに見せる。

こちらは焦げ茶色の髪をしていた。自分と同じ、金色の瞳と目が合う。

「小さいな」

エディロンの人差し指が赤ん坊に触れると、赤ん坊は小さな手でその指をぎゅっと握り返してきた。この小さな体のどこにこんな力があるのだろうと驚くような力強さに、我が子の誕生を改めて実感する。

「シャルロット、頑張ってくれてありがとう」

ねぎらいの言葉をかけると、シャルロットは嬉しそうに微笑む。

「どういたしまして。わたくしこそありがとうございます。エディロン様がいなければ、こんな幸せはありませんでした」

「これから、もっともっと幸せにしてやる」

エディロンは体を屈め、ベッドに座るシャルロットのおでこにそっとキスをした。


エリス国第二代国王のエディロン＝デュカスは様々な政策を打ち立てては国を発展に導き、国民に熱狂的に支持された。

彼は周囲が呆れるような愛妻家として有名だったが、それに引けを取らない子煩悩として知れ渡るのにも、長い時間はかからなかったという。

◆後日談（二） 黒猫の正体

庭園のガゼボで本を読んでいると、バサバサと羽ばたく音がした。ヴァレリアは、空を見上げる。

「グール！」

焦げ茶色の鷹が上空を旋回し、ガゼボの手すりに止まる。ジョセフの使い魔である、鷹のグールだ。

「お手紙を持ってきてくれたの？」

ヴァレリアは本を閉じると、立ち上がった。

「ああ、ここに」

以前は全く言葉を発することなくヴァレリアの側に佇んでいたグールだが、使い魔であるとヴァレリアが知ってからは、こうして言葉を返してくれるようになった。と言っても、グールは元々寡黙なようで、返してくれても一言二言だけだが。

「どれどれ」

ヴァレリアはわくわくしながら、グールの足に付いた筒を外す。蓋を開けると、いつものように丸まった紙切れが入っていた。

＊＊＊

ヴァレリアへ

先日は、刺繍入りのハンカチをありがとう。すごく嬉しかったよ。

いつも身につけておきたいから、ヴァレリアにもらったものは綺麗に畳んでポケットに入れて、もう一枚汚れてもいい別のハンカチを反対側のポケットに入れるようにしている。

エリス国では、コスモスが見頃を迎えている。赤やピンク色のコスモスが一面に咲いていて、とても綺麗なんだ。きみと見てみたいな。

きみのジョセフより

＊＊＊

ヴァレリアは今届いたばかりの手紙を、何度も何度も見返す。

「ふふっ、ジョセフ様ったら」

ジョセフとヴァレリアは想いを通わせて以降、こうしてこまめに文通をしては親交を深めている。

離れて過ごしているジョセフを想って刺した刺繍入りのハンカチを彼に贈ったのはつい二週間前のこと。喜んでくれたら嬉しいなとは思っていたが、思った以上に喜んでいる様子が窺えて、嬉しくなる。

「また別の作品を作って差し上げようかな」

前回は、ジョセフの使い魔である黒豹のドグマをモチーフにしたものをプレゼントした。ドグマはヴァレリアが初めてエリス国に行った際にも会ったことがあり、子供の頃のドグマをヴァレリアが大きな黒猫だと勘違いしていたことを知ると『誰が黒猫だ！』とたいそう立腹していた。

『僕なんて、羽根つきトカゲの使い魔に間違われたんだよ！　神竜なのにー』

と、どっちの勘違いが酷かったかというよくわからない議論をリロと繰り広げていた。

（リロもドグマも、元気かしら？）

ヴァレリアは手紙を胸に抱きしめて、空を見上げる。

「コスモスか。ジョセフ様と一緒に見たいな。……会いたいな」

ヴァレリアはぽつりと呟く。

ジョセフと一緒にコスモスが咲き乱れる景色を見られたなら、どんなに素敵だろう。

国が異なる故に、ジョセフとは滅多に会えない。滅多にどころか、最後に会ったのは婚約式なのでもう三カ月前だ。

「会いたいのか?」

グールがヴァレリアに尋ねる。

「もちろんよ。すごく会いたいわ」

まだ会って一緒に過ごした回数は、数えるほどしかない。けれど、ヴァレリアはいつも、いつの間にか彼のことを考えてしまう。

(きっと、これが恋なのね)

誰に教えられずとも、きっとそうなのだろうと自然にわかった。

だって、ジョセフの笑顔を思い出すだけで、胸に温かなものが広がるのだ。

ヴァレリアはもう一度椅子に腰かけ、読みかけの本に視線を落とす。

庭園のガゼボには、また静かな時間が訪れた。

どれくらい経っただろう。

切りのよいところまで読み終えたヴァレリアはパタンと本を閉じる。

そのとき「ヴァレリア」と、心地いい声が耳に届いた。

（え？）

聞こえるはずのない声に、ヴァレリアは驚いて振り返る。

「ジョセフ様っ！」

そこには、ジョセフがいた。いつかダナース国で出会ったときのように、真っ黒いフード付きのケープを着ている。

「しーっ！ こっそり抜けてきたから」

ジョセフは口元に笑みを浮かべ、人差し指を当てる。

ヴァレリアはハッとして周囲を見回す。まわりに誰もいないことを確認してほっとすると、声を潜めてジョセフに尋ねた。

「どうしてここに？」

「会いに来た。ヴァレリアが僕に会いたいって、寂しがっていたから」

「え？」

ヴァレリアは目をぱちくりとさせる。

ヴァレリアがジョセフに会いたいと思っていたことは事実だけれど、それを直接ジョセフに言ったことはないはず。

（どうして……）

そこまで考えて、ハッとする。

「もしかして、グール？」

ガゼボの手すりに今も止まっているグールを見ると、グールは小首を傾げた。

「俺は使い魔だからな。見聞きしたことは、全てジョセフに伝わる」

「えっ！　そうなの⁉」

ヴァレリアは驚いた。

（もしかして、今までグールに話していたことも全部ジョセフ様に筒抜け？）

本当に素敵だとか、青い瞳の色が好きとか、手紙をもらえて嬉しかったとか、色々なことを話してしまった気がする。

思わぬことに赤面すると、ジョセフにはヴァレリアの考えていることがお見通しだったようだ。

「すごく可愛いな、と思いながら、いつも見守っていた」

「可愛いって……っ！」

そんな風に言われると、益々恥ずかしい。

照れを隠すようにぽんと叩こうとしたが、その手はジョセフによって難なく受け止められてしまう。ジョセフは掴んだ手を引き寄せる。

「きゃっ」

小さな悲鳴と共に、ジョセフの顔が急に近くなる。

「せっかく会いに来たんだけど、ヴァレリアは嬉しくなかった？」

拗ねたような聞き方をされて、ヴァレリアは「うっ」と言葉を詰まらせる。

「……すごく嬉しいです」

その瞬間、ジョセフは嬉しそうに笑い、ヴァレリアをぎゅっと抱きしめる。

「ヴァレリア、会いたかった」

「わたくしも会いたかったです」

おずおずと背中に手を回すと、自分を抱きしめる腕に益々力がこもり、ぎゅうっとされる。

「ジョセフ様、ジョセフ様っ！」

「何？」

「く、苦しいです！」

回していた手でバンバンとジョセフの背中を叩くと、ようやく抱きしめる力が弱くなった。

「ああ、ごめん。つい、嬉しくて。本物のヴァレリアだなあって」

ジョセフはバツの悪さを隠すように、頬を掻く。

（うっ、可愛いわ！）

ジョセフのほうがヴァレリアよりずっと背が高くて大きいのに、なんだか可愛く見えてしまうのは彼がふたつ年下だからだろうか。胸がキュンとする。

「そうだ。ねえ、ヴァレリア。これ」

ジョセフが空中に向かって円を描くように指先を動かすと、そこに忽然と花束が現れる。彼が差し出したのは、色とりどりのコスモスの花束だった。

まだ摘んで間もないようで、まるで地面に根を張っているかのように瑞々しい。

「まあ、綺麗！」

「ヴァレリアと一緒に咲いているところを見に行きたかったんだけど、さすがに国外に連れ出したらまずいかなと思って。花束にしてみた」

にこにこしながら、ジョセフが説明する。

（他国の王宮にアポなしで突然訪問するのはまずくないのかしら？）

一瞬そんなことを思ってしまったが、にこにこしているジョセフを見ていたらどうでもいい気がしてくる。

ヴァレリアが『会いたい』と言ったその一言を聞きつけて、ジョセフは忙しい合間を縫って実際に会いに来てくれた。そして、こんなに素敵なプレゼントまでしてくれた。

その事実が、何よりも嬉しかったのだ。

「来年は、ふたりで一緒に見ようね」

「はい、是非」

ヴァレリアは笑顔で頷く。

彼に嫁ぐ日が、今から楽しみでならない。

◆後日談（三）　シャルロットの贈り物

ノートを見返していると、どこからか元気な声が聞こえてきた。

シャルロットは顔を上げ、窓の外を眺める。

「アレイド様とベレンガー様は今日も元気でございますね。先ほどは木に登ってしまい、使用人達がはらはらしておりました」

紅茶を淹れてくれていたケイシーも声に気付いたようで、窓の外を見る。

そこからは、シャルロットの使い魔である白猫のルルと元気に走り回る、ふたりの幼児が見えた。シャルロットとエディロンの子供である、アレイド王女とベレンガー王子だ。その傍らには、彼らを見守るエディロンの姿も見えた。

「ガルが、背中に乗せろとせがまれてばかりでおちおち昼寝もできないってぼやいていたわ」

シャルロットは不機嫌そうに唸り声を上げるガルの姿を思い出し、くすくすと笑う。

でも、「向こうに行け」と怒ったような様子を見せながらも結局背中に乗せてあげるのだから、ガルは人が、もとい、竜がいい。

シャルロット達は、数日前からダナース国の観光地――コレクにある離宮に来ていた。

離宮といっても、二階建てのこぢんまりとしたもので、湖沿いの一角にある。温泉をすっかり気に入ったシャルロットのために、気軽に旅行に行けるようにとエディロンが建てたものだ。

その離宮を贈られたシャルロットが大喜びしたのは言うまでもない。

今回はアレイドとベレンガーふたりの誕生日を家族水入らずで祝うために、一週間の予定で滞在している。今日が誕生日当日なので、今夜はお祝いを行う予定だ。

「そろそろ晩餐の準備をしようかしら」

シャルロットは壁際の置き時計を見る。時刻は午後四時を指していた。

「料理の仕込みはしっかりできております。あとは、部屋の飾り付けだけかと」

「手伝うわ」

「シャルロット様は大事なお体ですので、休んでいらしてください」

ケイシーは立ち上がろうとするシャルロットを止める。

シャルロットの中には、再びエディロンとの愛の結晶が宿っている。ケイシーは身重のシャルロットに何かあっては大変だと、首を振る。

「大丈夫よ。少し動きたいの」

「でも……。無理はしないでくださいね？」

ケイシーは渋々といった様子で了承するが、まだ心配そうにしている。

「いざとなったら、魔法で手伝うわ」

「それならば大丈夫かもしれません。シャルロット様は魔法がお得意ですから」

ケイシーはほっとしたような笑顔を見せる。

「そんなことは……」

褒められたことが少し照れくさくて、シャルロットははにかむ。

エディロンと結婚する以前はほとんど魔法を使えなかったシャルロットだが、ルーリスのノートを手にして練習するようになってから、めきめきと腕が上達した。

今では、使えない魔法のほうが少ないほどだ。

「今夜渡すプレゼントは完成したのですか？」

「ええ。できているわ」

シャルロットは笑顔で頷くと立ち上がり、サイドボードの上に置いてある白い小箱を手に取った。

その日の晩のこと。

離宮にあるリビングルームには子供達の歓声が響いていた。

「これはだれから？」

「これは、侍女のみんなからよ」

シャルロットが教えると、アレイドとベレンガーは嬉々としてプレゼントの包装を開ける。中から出てきたのは、アレイドとベレンガーそれぞれの名前が刺繍された、色違いのケープだった。外遊びの際に風邪を引かないよう、気軽に着られるものを用意してくれたのだろう。

「素敵ね」

シャルロットが褒めると、アレイドは「うん！」と微笑んでそれを自分に合わせる。

「おとうさま、にあう？」

「ああ、可愛いよ」

エディロンに褒められ、アレイドは嬉しそうにはにかむ。一方のベレンガーは早速次の箱を開けようとしていた。

「これはジョセフおじさまから？」

「そうね」

シャルロットは頷く。

「あけてみる」

ベレンガーが包みを開ける。

「わあ！」

中から出てきたのは、絵本だった。魔法の仕掛けがされており、開くと中に描かれた人々がストーリーに合わせて動くものだ。

「これはすごいな」

魔法の絵本を初めて見たエディロンは驚いた様子だ。

「ふたりとも、あとでお礼のお手紙を書きましょうね」

「うん！」

アレイドとベレンガーは元気よく返事した。

「おとうさまとおかあさまからは、何もないの？」

おずおずと聞いてくるアレイドに、シャルロットは笑みをこぼす。

「もちろん、用意しているわ」

シャルロットは事前に用意していた白い小箱をケイシーから受け取り、それをふたりに差し出す。

「お誕生日おめでとう。アレイド、ベレンガー。これは、お父様とお母様から」

「何かな？」

アレイドとベレンガーは興奮気味に、それぞれに手渡された小箱にかけられたリボンを解いた。ふたりともおずおずと箱の蓋を開け、歓声を上げる。

「わあ、きれい！」

「かっこいいね」

アレイドの小箱の中にはエメラルドの嵌められたペンダントが、ベレンガーの小箱には同じ宝石の嵌まったイヤーカフが入っていた。

「ありがとう」

ふたりは部屋の明かりを浴びて煌めく宝石を見つめ、目を輝かせる。シャルロットはそんなふたりを見つめ、相好を崩した。

「これはね、幸せになれるペンダントとイヤーカフよ」

「しあわせになれる？」

アレイドはきょとんとした顔でシャルロットを見上げる。

ベレンガーも不思議そうに、イヤーカフをもてあそんでいた。

「ええ、そうよ。だから、大切にしてね」

これらのプレゼントは、エディロンが手配してくれたエメラルドのペンダントとイヤーカフに、シャルロットが魔法の力を付与したものだ。ダナース国において、エメラルドは幸福を象徴する石なのでこれを選んだ。

かつてシャルロットが母――ルーリスから贈られた、魔法の髪飾り。それと全く同じものを作ることは、シャルロットにはできない。

けれど、母の遺したノートを何度も見返し、自分の持てる魔法の技術の全てを注ぎ込んで、この魔法のペンダントとイヤーカフを作り上げた。

「ありがとうございます、おとうさま、おかあさま」

「ありがとうございます」

アレイドとベレンガーはお礼を言うと、嬉々としてそれらを眺める。

シャルロットが穏やかな気持ちでふたりを見守っていると、ふと目の前に小さな箱が差し出された。

「これは？」

シャルロットは戸惑い、エディロンを見る。

事前に相談して用意したプレゼントは、ペンダントとイヤーカフのふたつだけだったはず。

「開けてみて」

「わたくしがですか？」

「ああ、そうだ」

エディロンは頷く。

水色のリボンを解いて箱を開けると、中にはアレイドとベレンガーへのプレゼントと同じく、エメラルドが嵌まったペンダントが入っていた。エメラルドの周囲にはダイヤモンドがぐるりと一周飾られており、アレイドのものより大人っぽいデザインだ。

「シャルロットへのお祝いだ」

「わたくしへの？」

シャルロットは戸惑った。お祝いされる理由が思い当たらなかったのだ。

「母親になって五周年だ。いつもありがとう」

シャルロットは目をぱちくりとさせる。

（そっか。アレイドとベレンガーがお誕生日ってことは、わたくしがお母さんになった日なのね）

そんな当たり前のことに、今更気付く。エディロンの心遣いが、とても嬉しかった。

「ありがとうございます。とても嬉しいです」

シャルロットは感激して、小箱を胸に抱く。

「来年は五人でお祝いですね」

エディロンはふっと微笑むと、片眉を上げる。

「ひょっとすると、また双子が産まれて六人かもしれない」

「まあ、ふふっ」

シャルロットは笑みをこぼす。

六人家族。それも楽しいかもしれない。

「さあ、そろそろ食事を始めようか」

エディロンは子供達に声をかける。

「「はーい！」」

元気な声が重なる。

夕暮れに沈む離宮の窓からは温かな光が漏れ、辺りには明るい声が響いていた。


〈了〉

あとがき

皆様こんにちは。三沢ケイです。

この度は『ループ5回目。今度こそ死にたくないので婚約破棄を持ちかけたはずが、前世で私を殺そうとした陛下が溺愛してくるのですが』の二巻をお手にとってくださり、ありがとうございます！

皆様の応援のおかげで二巻が発売となりました。

本作はいわゆるループものですが、シャルロットのループはいつも弟のジョセフと一緒に発生するという少し変わった設定を入れています。

そのため、二巻のお話をいただいた際にどんな話にしようかと色々考え、シャルロットとエディロンの甘々な新婚生活に加え、前巻からの重要キャラである弟のジョセフにフォーカスを当てることにしました。

エディロンがシャルロットを力強く引っ張るような愛し方なら、ジョセフはヴァレリアを真綿のように包み込む愛し方をします。

ふたつの恋模様、お楽しみいただけたら嬉しいです！

そして、嬉しいニュースです。

なんと、本作品がコミカライズされることになりました！

相良なほ先生による素敵なコミカライズ、楽しみにしていてくださいね。


最後になりますが、謝辞を。

前作に引き続き素敵なカバーイラストを描いてくださった笹原亜美先生、今回もとても可愛らしいイラストをありがとうございました。

刊行にご尽力いただいた編集担当の若海様、篠原様、そして編集協力の本田様。いつも的確なご指摘やご提案をくださり、とても頼もしかったです。

そして本作をお読みくださった読者の皆様、本当にありがとうございます。

本作の刊行に関わる全ての方々に、深く感謝申し上げます。

またどこかでお会いできることを願って。

三沢（みさわ）ケイ

三沢ケイ先生への
ファンレターのあて先

〒104-0031
東京都中央区京橋1-3-1
八重洲口大栄ビル7F
スターツ出版株式会社　書籍編集部　気付

三沢ケイ先生

本書へのご意見をお聞かせください

お買い上げいただき、ありがとうございます。
今後の編集の参考にさせていただきますので、
アンケートにお答えいただければ幸いです。

下記URLまたはQRコードから
アンケートページへお入りください。
https://www.berrys-cafe.jp/static/etc/bb

ループ5回目。今度こそ死にたくないので婚約破棄を持ちかけたはずが、前世で私を殺した陛下が溺愛してくるのですが2

2023年3月10日　初版第1刷発行

著　　者　三沢ケイ
　　　　　©Kei Misawa 2023
発 行 人　菊地修一
デザイン　hive & co.,ltd.
校　　正　株式会社文字工房燦光
編集協力　本田夏海
編　　集　若海瞳　篠原恵里奈
発 行 所　スターツ出版株式会社
　　　　　〒104-0031
　　　　　東京都中央区京橋1-3-1　八重洲口大栄ビル7F
　　　　　TEL　出版マーケティンググループ　03-6202-0386
　　　　　(ご注文等に関するお問い合わせ)
　　　　　URL　https://starts-pub.jp/
印 刷 所　大日本印刷株式会社

Printed in Japan

乱丁・落丁などの不良品はお取替えいたします。
上記出版マーケティンググループまでお問い合わせください。
定価はカバーに記載されています。

ISBN 978-4-8137-1407-1　C0193

ベリーズ文庫 2023年3月発売

『剛腕御曹司は飽くなき溺愛で傷心令嬢のすべてを満たす~甘くとろける熱愛婚~』 滝井（たきい）みらん・著

社長令嬢の優里香は継母と義妹から虐げられる日々を送っていた。ある日、政略結婚させられそうになるも相手が失踪。その責任を押し付けられ勘当されるも、偶然再会した幼馴染の御曹司・尊に再会し、一夜を共にしてしまい…!?　身も心も彼に奪われ、気づけば溺愛される毎日で——。

ISBN 978-4-8137-1402-6／定価737円（本体670円＋税10%）

『俺様御曹司のなすがまま、激愛に抱かれる~偽りの婚約者だったのに、甘く娶られました~』 高田（たかだ）ちさき・著

浮気されて別れた元彼の結婚式に出て、最悪の気分になっていた未央奈。そんな時見るからにハイスペックな御杖に出会い、慰めてくれた彼と甘く激しい夜を過ごす。一夜限りの思い出にしようと思っていたのに、新しい職場にいたのは実は御曹司だった御杖で…!?　俺様御曹司に溺愛される極上オフィスラブ！

ISBN 978-4-8137-1403-3／定価726円（本体660円＋税10%）

『双子を極秘出産したら、エリート外科医の容赦ない溺愛に包まれました』 皐月（さつき）なおみ・著

ある事情から秘密で双子を出産し、ひとりで育てている葵。ある日息子が怪我をして病院に駆け込むと、双子の父親で脳外科医の晃介の姿が！　彼の子であることを必死に隠そうとしたけれど——「君が愛おしくてたまらない」再会した晃介は葵と双子に惜しみない愛を注ぎ始め、葵の身も心も溶かしていき…!?

ISBN 978-4-8137-1404-0／定価726円（本体660円＋税10%）

『離婚直前、凄腕パイロットの熱烈求愛に甘く翻弄されてます~旦那様は政略妻への恋情を止められない~』 一ノ瀬千景（いちのせちかげ）・著

大手航空会社・JG航空の社長に就任予定の叔父を支えるため、新米CAの美紅は御曹司でエリートパイロットの桔平と1年前に政略結婚した。叔父の地盤も固まり円満離婚するはずが、桔平はなぜか離婚を拒否！　「俺は君を愛している」——彼はクールな態度を急変させ、予想外の溺愛で美紅を包み込んで…!?

ISBN 978-4-8137-1405-7／定価726円（本体660円＋税10%）

『職業男子図鑑【ベリーズ文庫溺愛アンソロジー】』

ベリーズカフェの短編小説コンテスト発の〈職業ヒーローとの恋愛〉をテーマにした溺愛アンソロジー！4名の受賞者（稗島ゆう子、笠井未久、蓮美ちま、夏目若葉）が繰り広げる、マンガ家・警察官・スタントマン・海上保安官といった個性豊かな職業男子ならではのストーリーが楽しめる4作品を収録。

ISBN 978-4-8137-1406-4／定価715円（本体650円＋税10%）

ベリーズ文庫 2023年3月発売

『ループ5回目。今度こそ死にたくないので婚約破棄を持ちかけたはずが、前世で私を殺した陛下が溺愛してくるのですが2』 三沢（みさわ）ケイ・著

結婚すると死んでしまうループを繰り返していたが、6度目の人生でようやく幸せを掴んだシャルロット。ダナース国王・エディロンとの甘〜い新婚旅行での出来事をきっかけに、ループ魔法の謎を解く旅に出ることに！　そんな中シャルロットの妊娠が判明し、エディロンの過保護な溺愛がマシマシになり…!?

ISBN 978-4-8137-1407-1／定価737円（本体670円＋税10%）

ベリーズ文庫 2023年4月発売予定

Now Printing

『【財閥御曹司シリーズ】第一弾』 葉月(はづき)りゅう・著

幼い頃に両親を事故で亡くした深春は、叔父夫婦のもとで家政婦のように扱われていた。ある日家にやってきた財閥一族の御曹司・奏飛に事情を知られると、「俺が幸せにしてみせる」と突然求婚されて!? 始まった結婚生活は予想外の溺愛の連続。奏飛に甘く溶かし尽くされた深春は、やがて愛の証を宿して…。

ISBN 978-4-8137-1414-9／予価660円（本体600円＋税10%）

Now Printing

『タイトル未定（富豪CEO×秘書の契約結婚）』 若菜(わかな)モモ・著

自動車メーカーで秘書として働く沙耶は、亡き父に代わり妹の学費を工面するのに困っていた。結婚予定だった相手からも婚約破棄され孤独を感じていた時、勤め先のCEO・征司に契約結婚を持ちかけられて…!? 夫となった征司は、仕事中とは違う甘い態度で沙耶をたっぷり溺愛！ ウブな沙耶は陥落寸前で…。

ISBN 978-4-8137-1415-6／予価660円（本体600円＋税10%）

Now Printing

『子づくり前提の友情婚ですが、もしかして溺愛されてます？』 紅(くれない) カオル・著

両親が離婚したトラウマから恋愛を遠ざけてきた南。恋はまっぴらだけど子供に憧れを持つ彼女に、エリート外交官で幼なじみの碧唯は「友情結婚」を提案！友情なら気持ちが変わることなく穏やかな家庭を築けるかもと承諾するも——まるで本当の恋人のように南を甘く優しく抱く碧唯に、次第に溶かされていき…。

ISBN 978-4-8137-1416-3／予価660円（本体600円＋税10%）

Now Printing

『クールな御曹司は離婚前提の契約妻を甘く愛して堕とす』 黒乃(くろの) 梓(あずさ)・著

OLの瑠衣はお見舞いで訪れた病院で、大企業の御曹司・久弥と出会う。最低な第一印象だったが、後日偶然、再会。瑠衣の母親が闘病していることを知ると、手術費を出す代わりに契約結婚を提案してきて…。苦渋の決断で彼の契約妻になった瑠衣。いつしか本物の愛を注ぐ久弥に、瑠衣の心は乱されていき…。

ISBN 978-4-8137-1417-0／予価660円（本体600円＋税10%）

Now Printing

『不倫アンソロジー』

ベリーズ文庫初となる「不倫」をテーマにしたアンソロジーが登場！ 西ナナヲの書き下ろし新作『The Color of Love』に加え、ベリーズカフェ短編小説コンテスト受賞者3名（白山小梅、桜居かのん、鳴月齋）による、とろけるほど甘く切ない禁断の恋を描いた4作品を収録。

ISBN 978-4-8137-1418-7／予価660円（本体600円＋税10%）

タイトル、価格等は変更になることがございますのでご了承ください。

ベリーズ文庫 2023年4月発売予定

Now Printing

『8度目の人生、嫌われていたはずの王太子殿下の溺愛ルートにはまりました3』 坂野真夢(さかのまむ)・著

敵国の王太子だったオスニエルの正妃となり、双子の子宝にも恵まれ最高に幸せな日々を送るフィオナ。出産から10年後――フィオナは第三子をご懐妊！双子のアイラとオリバーは両親の愛情をたっぷり受け逞しく成長するも、とんでもないハプニングを巻き起こしてしまい…。もふもふ達が大活躍の最終巻！

ISBN 978-4-8137-1419-4／予価660円（本体600円＋税10％）

タイトル、価格等は変更になることがございますのでご了承ください。